Susie Morgenstern

EL PRIMER COP QUE VAIG TENIR SETZE ANYS

Traducció del francès
d'Àlvar Valls

La Galera
BARCELONA

Títol original francès: *La première fois que j'ai eu seize ans*

Coberta de: Bross

La Galera, S.A. Editorial
Ronda del Guinardó, 38 - 08025 Barcelona
Dipòsit Legal: B. 5.635 - 1991
Imprès a Romanyà/Valls, S. A.
Verdaguer, 1 - 08786 Capellades (Barcelona)
Printed in Spain
ISBN: 84-246-8434-6

Lletja

La primera vegada que vaig tenir setze anys, jo era lletja i no parava de dir-ho al mirall i a la mare. Propagava la notícia al meu coixí, que em responia amb la rosada de les meves llàgrimes. Confirmava aquest fet de la natura tafanejant a dins de tots els armaris de la casa, i a cada disfressa implorava l'instint de mentir. Després, m'amagava darrere del meu contrabaix.

Tocava el contrabaix sens dubte perquè m'assemblava a aquest instrument gegantí i grotesc, intransportable i quasi inútil en solo. L'estimava com l'home dels meus somnis i com el meu infant terrible. L'arrossegava a remolc de la meva joventut.

—Sóc lletja! —crido a la mare.

—Tens uns ulls molt bonics —em consola, com si un detall pogués dissimular la totalitat.

—Ulls, jo? I ara! Qui els pot veure darrere d'aquesta vidriera? —He heretat la vista del meu pare, que portava uns vidres com lupes.

—Tens uns cabells preciosos. —Entre el marró i el gris rata, color de fang, color sense color. Cada cabell s'acaba amb una forca que m'entretinc a esqueixar durant hores. Llargs cabells que pengen com els feixucs cortinatges de les funeràries.

—Jo els voldria rossos o roigs! —Reivindico la bellesa com un dels Drets de l'Home.

—Quan somrius, ets bonica. —Comprenc que la mare vol acabar la discussió—. I ets bonica per dins —conclou. No hi ha dubte que tinc la més bonica de les vesícules biliars, uns pulmons adorables, un fetge encisador i uns ovaris grandiosos, tot i que encara no funcionen.

Les meves germanes grans són deesses sublims. És com la Ventafocs a l'inrevés, cosa que no impedeix que em diguin «Ventafocs».

—Ventafocs, vés a buscar-me el pintaüngles a la meva habitació.

—No! —Elles saben que el meu «no» és purament simbòlic.

—Si hi vas et portaré amb mi a la casa EAT.

Hi vaig corrents.

—Ventafocs, vols parar taula per mi?

—No!

—Doncs no t'hi porto.

Elles m'ajuden benèvolament a superar els meus complexos. D'entrada, la Sandra em promet solemnement des de la meva més tendra infància:

—Quan tingui diners, et pagaré la cirurgia estètica per al teu nas.

Tot esperant aquest dia beneït en què el meu nas serà més petit, va preparant el terreny. Cada nit, talla un tros de cinta adhesiva que m'enganxa a sota del nas, tot alçant-lo cap al front, on enganxa l'altre tros. Fa deu anys que gasta rotlles de cinta adhesiva. Els meus narius han après a respirar diferent a través d'aquesta cinta adhesiva, però el nas mai no se m'ha desplaçat cap amunt.

L'Effie ajuda d'una altra manera. Prega Déu en veu alta tot mirant-me amb pena:

—Déu meu, fes que superi aquesta edat ingrata! —seguit de—: Ja veuràs com s'arreglarà.

I em tapa el nas amb un fulard o un coll alt.

—Això et va bé així.

Tant se val que jo no pugui menjar, ni parlar, ni respirar!

Les meves germanes em segresten per empastifarme el serrell amb aigua oxigenada i fer-me rínxols d'estrella. Semblo un terrible accident provocat per un perruquer guenyo. Em violen les parpelles amb violetes nacrats i verds neó. Arrissen els meus espaguetis recalcitrants i fan escots al meu pit pla.

I aboquen tones de consells a l'hora d'esmorzar:

—Treu-te les ulleres, no tens cap necessitat de veurehi tant!

—Posa't la mà tapant-te el nas constantment.

—Doblega una mica els genolls, semblaràs més baixa.

Ja és ben poc fàcil traginar el contrabaix, per haverho de fer mig cega, amb la mà al nas i els genolls doblegats. Em passo la vida envejant els violinistes, els violistes, els flautistes, no pel so dels seus instruments sinó pel pes d'aquests, sobretot quan plou, que és quan m'adono que no tinc tres braços.

Volen el meu bé, les meves germanes, entrenadores que, a falta de proeses físiques, s'alegren dels meus èxits escolars. I jo vull el seu bé, per això els faig els deures. Des de fa anys, a l'Effie li faig repetir les llistes de vocabulari amb paranys, les poesies, els resums de la història de la Revolució americana. Me'ls sé de memòria abans que ella en sàpiga la primera línia. Li redacto els comentaris de llibre que cada setmana li exigeix un profe zelós. La meva participació a la seva carrera escolar no els impedeix de ser unes gandules acabades.

El primer dia que vaig anar a l'institut, el meu professor tutor, el senyor Gianella, va saltar de la cadira en reconèixer el meu nom. Va venir, amb les mans al cap, i em va escopir aquestes paraules a la cara: «Veus els meus cabells blancs? La meitat de l'esquerra me'ls va fer sortir la teva germana Sandra. La meitat de la dreta, la teva germana Effie. Només queda un cabell negre per a tu.» Vaig sentir-me orgullosa de les meves germanes que havien brillat a la seva manera.

Tòtila

La primera vegada que vaig tenir setze anys, pensava que potser era la millor, però no n'estava del tot segura. Les meves germanes, al contrari, estaven optimistes i plenes d'esperança malgrat la tòtila que jo era.

Per endavant estan orgulloses de mi:

—Estic segura que ho aconseguiràs!

—Vés-hi! No poden deixar d'admetre't!

No comparteixo el seu optimisme. Ser membre de la *jazz-band* et dóna un enorme prestigi, per l'uniforme recobert de lluentons, però també per les gires, les festes, els aplaudiments. La glòria precoç. Els músics d'aquesta orquestra són tradicionalment figures de l'institut, tal com ho són l'equip de futbol i les *majorettes*.

No he intentat formar part de l'equip de futbol, però he fet un intent sobrehumà per esdevenir *majorette*. De primer, vaig invertir una suma desorbitada en un bastó que creia màgic. Després, em vaig esforçar per agafar aquest bastó prèviament llançat en l'aire al saló de casa. Va ser un desastre per a la porcellana, per a les pantalles, per al parquet i per al meu cos que ràpidament es va cobrir de blaus sota la pluja de bastons. Senzillament, em feia massa por agafar-lo.

Vaig aconseguir entrar de franc als partits de futbol. El director de la banda volia a tot preu comptar amb un contrabaix. Va fer construir una plataforma amb rodes, com un petit trineu tirat per dos tubistes. La proesa consistia a mantenir l'equilibri, no pas a tocar quatre notes que les tubes de totes passades ofegarien. Això em marejava. M'arrapava al meu contrabaix com una nàufraga a la seva barca.

Només penso en les audicions. Cada matí, camí de l'institut, passo a buscar la meva amiga Myriam, bona alumna, tímida, modesta, gran *supporter* de la meva causa:

–Ho aconseguiràs, ja ho veuràs, ningú no toca tan bé com tu!

Ja fa set anys que toco, des del dia que, a l'escola primària, el professor de música ens va demanar de triar un instrument. Vaig ser la primera a alçar la mà:

–El violí, senyor! –vaig dir amb la passió de néta d'avis nascuts a Odessa. Em va mirar de dalt a baix:

–No, millor que agafis el contrabaix. T'escau més.

No vaig gosar dissuadir-lo de la seva idea. Va veure l'ocasió de la seva vida de col·locar el seu pobre contrabaix desmanegat i engavanyós.

–Sí, però mai no han agafat cap noia a la *jazz-band*.

–Això pot canviar. Ets la millor.

–És clar: «A la terra dels cecs, el borni és el rei», però vet aquí que sóc una dona. Te'n recordes del que li van fer a la Judy Kolsky? Li van robar el bec del clarinet.

–Estic segura que anirà bé!

M'agrada que ho digui. Col·lecciono pronòstics. Escolto les converses. En sóc el centre.

–Li tallaran les cordes.

N'estic convençuda. He preparat cordes de recanvi.

–Cal mantenir les tradicions. És normal que algunes institucions estiguin reservades als mascles –crida en Bob el saxofonista.

–Jo no intento pas entrar a les *majorettes* –diu en Tony el clarinetista. Quan un gos borda, no costa gaire trobar-ne d'altres que bordin amb ell.

–És escandalós de refusar les noies –xiuxiueja la Sheryl.

Els pros i els contres ressonen pels passadissos de l'institut. La major part dels contres estan en el camp dels mascles. Els pros són potser a dintre els cors de les femelles, però rarament a les seves llengües. Faig nosa a tothom.

Realment, no tinc necessitat de guanyar el concurs, ja que en les esferes transcendents, dintre del meu cap, ja sóc l'estimada de Charlie Mingus. Sóc la duquessa de Duke. Sóc solista de contrabaix a la Filharmònica de Nova York. Leonard Bernstein i Zubin Mehta no poden aixecar la batuta sense assegurar-se que el meu contrabaix i jo som allà, a punt de servir, amb les nostres llargues i greus lamentacions, les simfonies. Des d'aquestes altes esferes, me'n torno al soterrani per assajar, ja que ningú a casa no pot sofrir la meva música. Així que agafo l'arquet, el pare posa la mà sobre el seu cor ferit de mort i, en un darrer sospir, em diu:

–No! Ara, no! –I afegeix, rancuniós –: No pots tocar quan jo no hi sigui?

Aquesta reivindicació, la repeteix quaranta vegades cada dia substituint la paraula «tocar» per «cantar» en el cas de la Sandra, «parlar» en el cas de la mare, «respirar» en el cas general. El pobre, ha viscut al bell mig d'un circ de quatre pistes amb una sola cambra de bany, ocupada per pallassos amazones. Ha estat perseguit per la cançoneta de la seva vida de família: «No entris, pare!»

Dintre d'aquest soterrani, tinc la impressió íntima de ser una *marrana* que practicaria la música en la mateixa clandestinitat sorda que les *marranes* de la religió. «Marranos», literalment «porcs», és la paraula que designa els jueus espanyols i portuguesos que van ser sotmesos al cristianisme, però que continuaren practicant el judaisme en secret, passant-se la seva fe subterrània de generació en generació. Els seus descendents van oblidar o van perdre el vincle amb el judaisme, però en retingueren nombrosos costums: encenien les candeles del sàbat, es posaven el millor vestit el dissabte, dejunaven el dia del Gran Perdó, circumcidaven els seus fills mascles i no menjaven carn de porc els dies de les festes jueves. Els costums són més poderosos que les lleis. Sentia que en el seu lloc jo hauria contret el mateix compromís. Tinc més por de la mort que de Déu, i a més a més no hi ha cap necessitat de resar alt i fort, n'hi ha prou de dirigir el cor cap al cel.

Dirigeixo les meves notes cap al subsòl: escales infernals, exercicis repugnants, *pizzicati* penosos. Faig muscles amb les cordes, les cordes formen una crosta dura en els meus dits. Cada *do*, cada *sol* becaire, cada *si* bemoll és un lluentó més a la jaqueta de la *jazz-band*.

Els meus professors hi diuen cada u la seva. El senyor Peck, l'hipòcrita director de la important secció de música de l'institut, m'encoratja suaument tot deixant anar sempre un argument de dissuasió:

—Mira, amb l'activitat que portes, no veig on podràs arribar a encabir la *jazz-band*. T'hauries de concentrar en la música clàssica. El jazz et deformarà. Però fes el que vulguis, que de capacitat en tens.

El que no vol de cap de les maneres és que superi la filleta del seu cor en activitats extraescolars.

La senyoreta Thompson, professora de gimnàstica, que tant compadeix els meus esforços fracassats per fer la roda o la tombarella, ha descobert en mi una vaga aptitud per al bàsquet, que ha determinat cultivar per a millor glòria del seu equip.

–Escolta, mira, m'he informat perfectament: hi ha incompatibilitat total entre les sessions de la *jazz-band* i els nostres partits. Deixa-ho córrer.

La senyoreta Hall, vella fòssil de l'Antiguitat més remota, professora d'història, no reconeix ni el jazz, ni l'art abstracte, ni el cinema com a formes d'art. Em fa l'efecte que la història es va aturar per a ella a la mort d'Alexandre el Gran. L'adora. Els seus ulls inexpressius guspiregen quan ens explica la marxa d'Alexandre cap a Àsia:

–Va distribuir als seus amics tot el que posseïa al moment de la seva partida. «Però», van protestar els seus amics, «què et reserves per a tu?» Alexandre va respondre heroicament: «L'esperança.»

Aquesta paraula, la senyoreta Hall la declama com una gran shakesperiana, amb l'esperança dels desesperats. A part d'Alexandre, em sembla que no estima ningú, llevat potser de mi, ja que sóc exactament l'alumna en la qual somia, per la senzilla raó que, per no trencarme el cap, m'he après el llibre d'història de memòria. Jo sóc el seu punt de referència, vist que ella, amb els seus trenta-set anys de carrera, ha degut oblidar el que contenia el llibre. Té dues expressions favorites: la primera és: «Entès? Si no, pensa!», i la segona, que dirigeix amorosament cap a mi després de cada frase, és: «Oi que sí, Hoch?» Hoch, el meu noble nom de família, vol dir «alt», cosa que en el meu cas és veritat. «Oi que sí, Hoch?» s'ha convertit en la riota de l'institut sencer. La senyoreta Hall ho diu fins i tot quan jo no em trobo entre els presoners de la seva classe.

Escup la seva misantropia:

–Què hi has d'anar a fer amb aquesta trepa de cap-verds?

–Però, senyoreta Hall, sabeu perfectament que no són cap-verds. S'ha de tenir un 14 sobre 20 de mitjana per presentar la candidatura.

–La seva música és bàrbara. Si dorms amb gossos, et lleves amb puces.

De fet, els nois de la *jazz-band* són meravellosos, sobretot en Ken Foley, el trombonista. Visc amb ell un amor perfecte del matí al vespre i durant llargues nits, un amor completament imaginari. Com els altres titulars de l'orquestra, aboca sobre meu una hostilitat ardent que em crema viva. Un cop t'admeten a la *jazz-band*, t'hi quedes fins a la fi dels estudis secundaris. Les proves tenen lloc cada tardor per omplir les places que han quedat buides al juny. No tots els anys hi ha places de contrabaixistes. Així, doncs, ara o mai!

Abans d'empaitar plaça, havia estat bona amiga dels de la banda. Fins i tot havia tocat amb ells, per amistat, quan els fallava el contrabaixista. Gairebé tots formàvem part de l'orquestra clàssica. Sempre havia pensat que la música és un país que no té fronteres i on regna la pau. Per què, doncs, intentava trencar la pau? En nom de la pau es pot mentir, però la mateixa pau mai no hauria de ser una mentida. M'estimo la pau. No sóc cap revolucionària i no vull canviar el món que adoro quasi tal com és. Simplement vull tocar el contrabaix dreta com una dona. El meu avi m'hauria dit:

–Si no suportes l'olor de la pólvora, no vagis a la guerra.

El senyor Conrad, sant i líric professor d'anglès, adonant-se de la meva alçada poc habitual, comença la seva classe amb un poema d'Emily Dickinson:

Tis so much joy! Tis so much joy!
If I should fail, what poverty!
And yet, as poor as I
Have ventured all upon a throw;
Have gained! Yes! Hesitated so
This side of victory!

Life is but life, and death but death!
Bliss is but bliss, and breath but breath!
And if indeed, I fail,
At least to know the worst is sweet.
Defeat means nothing but defeat,
No drearier can prevail!

And if I gain, –oh, gun at sea,
Oh, bells that in the steeples be,
At first repeat it slow!
For heaven is a different thing
Conjectured, and waked sudden in,
And might o'erwhelm me so!

Puc interpretar el poema com una cançó de bressol de guerra:

–Vés-hi! No hi tens res a perdre. La cosa és ser-hi, no guanyar, i tant se val si moro.

El senyor Conrad diu:

–Hi ha un debat oficiós els ecos del qual ressonen pels sinuosos passadissos d'aquest establiment. M'agradaria elevar el debat a oficial. Per a demà us demano de preparar els arguments a favor o en contra que una dona entri a la *jazz-band*.

Deixa anar aquesta bomba just abans de tornar-nos les redaccions, cosa que fa entre els sospirs i els plors dels interessats.

—Què has tingut? —em pregunta la Mary.

—Un 19, i tu?

—Un 11 —diu ella, disgustada—. Tu vas bé.

Reflexiono ja amb arguments d'un feminisme encara inexistent. Erro per l'immens institut. No n'hi ha cap dubte: esdevindré la primera dona rabí dels Estats Units. Cap espiritual, jutge i mestre, ajudaré el meu poble a assumir el privilegi dubtós de ser jueu. Ja sento la meva àvia:

—Un sol Déu i tants i tants enemics.

He reflexionat llargament sobre el problema de la dona en aquesta religió en què l'home ocupa tot el lloc. Estic calculant com aplicaré les meves conclusions, que cobreixen més de cinc mil set-cents anys de moral jueva, al contrabaix, quan Abraham Lincoln Butler em barra el pas. Lluny de dir-me el seu habitual bon dia alegroi, pren un to amenaçador i em passa per davant del nas la seva redacció tot etzibant-me, ple d'amargor:

—Escolta, per què vosaltres, els jueus, sempre sou més intel·ligents?

—Bo, qui t'ha dit que som intel·ligents? —balbuceja la futura rabina.

—Tu has tingut un 19 i jo un 4. La Myriam Lévi ha tingut un 18.

Barbotejo en defensa del meu poble:

—Pots ben creure que no som pas tan intel·ligents. Mira les meves germanes.

—Les teves germanes mai no han tingut un 4!

–Escolta, Abe, mira en Bobby Zlotnick, no és tan llest com això.

No li he dit la frase de Tonton Yankel: «Els jueus són exactament com tothom, just una miqueta més.» Em pregunto si acusar-nos de ser intel·ligents és això que en diuen antisemitisme. El meu avi alçaria els braços cap al cel en un dels seus diàlegs freqüents amb Déu i cridaria:

–Ens has triat entre les nacions. Bon Déu, per què ens havies d'embolicar?

–Vosaltres sou molt llestos i prou que ho sabeu! –m'ataca l'Abe.

Faig la llista de tots els jueus que conec. La Tata Olga és ruca com una sabata. En Harvey Zeller només ha tingut 400 punts sobre 800 als exàmens d'accés a la Universitat. La Betty Hamburger és una autèntica ximpleta. Dic en veu alta:

–No. Et puc garantir que no tots els jueus són intel·ligents.

A la vegada espero convèncer-lo i passar la meva prova d'ordenació. Per demostrar-li que sóc estúpida, li proposo:

–Si vols, t'ajudaré en la propera redacció. Hi ha uns quants trucs que s'han de saber. –Això fa l'efecte d'una confessió.

–Sí, sí, vosaltres, els jueus, ho sabeu tot!

I se'n va havent renovat la seva aversió cap a la meva raça. Tinc la impressió d'haver sofert un pogrom. És millor ser perseguit que perseguir?

En el meu món tan allunyat de les persecucions i de les guerres, havia estat educada en la idea que aquelles encara eren imminents. El meu cervell està entapissat de retrats de nens morts. Anna Frank m'obsessiona; el seu diari el tinc permanentment al capçal del llit. La xifra de sis milions fa pampallugues en una memòria que no és realment la meva. Alimento la meva ràbia i el meu odi llegint testimoniatges, novel·les i documents històrics. Com obrar segons les prescripcions de *La Saviesa dels Pares*: «Allà on no hi ha homes, intenta ser un home.»

Un home (és a dir, una dona) és un miracle. Pot parlar, lluitar, resistir i eventualment sucumbir. Tinc la intenció de personificar aquest miracle... amb el meu contrabaix!

Aplego elements per al debat durant tot el dia i també a taula, al vespre, quan el pare ha d'afrontar l'infern de l'harem.

—Puc dir una sola paraula? —té el costum de preguntar.

—No val la pena, pare! —aconsella la Sandra.

—Meyer, deixa-les discutir. És cosa de l'escola! —replica la mare.

—Digues la teva paraula, pare —l'autoritzo, caritativa; potser pot servir.

S'aixeca com si anés a fer un discurs i crida:

—Silenci!

Quan el pare juga a fer-se l'autoritari n'hi ha per riure. És com una representació dels germans Marx. Quan tenim un problema greu, anem a veure la mare, la qual ens envia a veure el pare, el qual ens torna a enviar a la mare amb una resposta estàndard:

—Fes el que vulguis, maca, sempre que la mare hi estigui d'acord.

Pel que fa a l'àrdua qüestió de vida o mort sobre el contrabaix i la *jazz-band*, em mira fixament com si jo fos una beneita perduda, que és com ens considera sempre a totes, i em repeteix la seva frase clau:

–Per què t'hi amoïnes tant? El que no guanyes, no ho pots pas perdre.

La seva filosofia es resumeix en la resignació, en la passivitat i en la pau de l'ànima. És un fatalista. Fins el millor nedador es pot ofegar. Potser el meu pare va parar de remar el dia que el seu vaixell va ancorar al port de Nova York.

–Ni el bé ni el mal no duren eternament –diu.

Llavors, per què fer esforços, si «de totes maneres, ja ho saps, t'estimarem, ho aconsegueixis o no»?

Això és el que em revolta! Per a qui porto el 19 ½ sobre 20? Per a qui brillar, complir, triomfar? És horrible tenir uns pares sense més exigències que «sigues feliç»! Com si poguéssim connectar la felicitat com un endoll elèctric.

Dormo en un dels llits bessons de l'habitació que comparteixo amb la meva estimada germana. És difícil d'acabar les nostres converses nocturnes. Xerrem a les fosques fins al moment que l'una de les dues diu:

–Bé, bona nit. No em parlis més, que ara la diré.

Tot seguit, s'esdevé una urgència:

–Effie, l'has dit?

–Sí, ostres, ara hi hauré de tornar. Què passa?

–No obtindré la plaça!

–I tant que sí, que l'obtindràs!

–No, triaran en Jacky, aquest imbècil que no té orella.

–Que no! No et preocupis. Au, que la direm juntes. Potser aquest gran *jazzman* que és Déu intervindrà per tu.

–Shema Yisrael, escolta Israel, l'Etern és Déu, l'Etern és un.

Després d'aquesta pregària ja no ens podem parlar més. Estem convençudes que si diguéssim una sola paraula no ens despertaríem mai més. I jo tinc moltes coses a fer!

Després de passar la nit buscant les paraules per explicar el meu pla d'igualtat de sexes, m'aixeco cansada de frases prefabricades. Adormint-me dreta, avanço en un remolí de fulles de tardor que cruixen sota els meus peus. El vent i la dansa acolorida de les fulles em desperten prou per orientar-me cap a la meva primera classe, la classe d'espanyol. Totes les llengües, a l'institut, són ensenyades com a causes perdudes, però l'espanyol encara més.

El *señor* Seraphin és un fatxenda irreprimible. Comença cada hora amb vint minuts de moral que consisteix a vendre'ns la seva publicitat: que ell és un professor model, que té mètodes pedagògics de punta, que porta quaranta anys de professió a l'esquena i que, si hagués volgut fer fortuna, hauria pogut ser venedor de salsitxes calentes, però que va renunciar als dòlars a causa del seu idealisme, del seu coratge i de la seva dedicació a la joventut. Aquesta dedicació consisteix principalment a devorar amb els ulls els pits vigorosos a penes dissimulats sota els jerseis de les seves alumnes.

Per donar-nos la benvinguda a la classe d'espanyol, ens acull al llindar de la porta com si fos un peatge. El preu d'entrada és una refregada, com qui no se n'adona, del seu colze i el seu braç contra un pit o dos. Pensa que pot camuflar el seu gest cridant fort: «¡Buenos días, señorita! ¡Hola!», etc., però no som tan càndides.

Té una flaca per la Ruthie Rogers, que no dissimula les seves esplèndides protuberàncies amb l'habitual sostenidor. «Que li faci profit, al vell porc. Si com a mínim això em pogués donar una bona nota!» Amb mi, però, no té gran cosa a refregar. I no trobo aquest ritu més degradant que recitar el Parenostre cada matí, a classe.

Fa bé de dir-nos les seves intencions, altrament eren imperceptibles:

–Qui presumeix de regals que no dóna és com un núvol que no porta pluja.

El seu «programa» es limita a humiliar-nos l'un darrere l'altre fent-nos cantar, un a un, *La Cucaracha* davant de tota la classe. Aquest «mètode» està destinat a «destimiditzar-nos» tot intimidant-nos al màxim. La meva reacció és simple: el vull matar. Rumio en silenci amb una ràbia infinita. Concentro damunt d'ell tot el meu odi que tan amagat duia fins al dia que vaig conèixer aquest toro. Olé! La simpatia és mútua i l'odi és absolutament recíproc. Em detesta visceralment i aferrissadament.

Jo sóc irrecuperable, ja que no sóc tímida i, per tant, no hi ha res en mi per «destimiditzar». Canto *La Cucaracha* amb ràbia, com si la meva vida en depengués, amb les mans, les cames i tot de natges que es balancegen al ritme que m'esforço a accelerar.

–No, no, Hoch! Massa floritures! Massa moviments! Jo tinc gustos clàssics. Demà hi tornes!

Anota les nostres actuacions seguint criteris que ningú no ha desxifrat mai.

Algun càrrec de consciència provocat per la nostra pèrdua de temps i de joventut empenyen el *señor* Seraphin a oferir-nos alguna vegada diversions més escolars. Tot d'un plegat, ens obliga a sortir, de dos en dos, per recitar un diàleg rescatat del fons del fons dels nostres manuals d'espanyol. Assenyala un noi i en el més pur estil masclista l'invita a triar una parella. A en Tony Cervasio, metre cinquanta, jo li agradava molt més pel meu cervell que per la meva talla. Veient en mi la dona ideal per portar el diàleg, m'ha triat.

–Agafa-li la mà i mireu-vos bé als ulls.

Un dia el mataré, ho prometo.

–Senyor –dic–, una mà és una part íntima que no es pot donar al primer que passa. M'hi nego.

Em fulmina amb la mirada i s'enrojola:

–Seu, Hoch. Zero! Fa quaranta anys que exerceixo aquest ofici i ningú no m'ha d'ensenyar pedagogia. Si vols fer tu la llei, vés-te'n a un altre país!

–Quaranta anys de massa!

Ho explico a la Myriam, que ha tingut el seny de fer llatí. La Miryam posseeix un excedent de seny que li permet de cedir-me'n una mica:

–Tu saps que t'odia i que vol a tot preu sabotejar la teva mitjana de notes. Doncs no et turmentis. Deixa-ho córrer! Fes la teva feina i calla.

–Sacrificant els meus principis? –crido, indignada.

–Si aconsegueixes amagar els teus vicis, amaga també els teus principis.

–Els meus vicis estan esbombats i per vendre.

–Llavors, guarda't els principis dins d'una caixa forta durant l'hora d'espanyol.

–I és així com la humanitat farà un pas de gegant?

–El sol es pondrà sense la teva ajuda, oi, Hoch?

Estic terriblement gelosa de la Myriam. Per començar, ella té tres germans grans, i per tant no té ningú de qui heretar roba vella. La seva mare, contenta d'haver tingut finalment una filla, consagra la vida a buscar-li la faldilla escocesa importada d'Escòcia, a fer-li suèters irlandesos, mitjons i guants, a tallar-li un vestidet que cus amb tendresa. La Myriam és una nina de porcellana. Li envejo els germans i els trenats fets a mà dels seus jerseis. La seva casa és un recés de pau i d'ordre on cada objecte sembla estar al seu lloc per un decret diví. A la seva habitació, per exemple, el llit, la còmoda i l'escriptori són de la mateixa fusta d'arbre fruiter, formant un conjunt homogeni, i no pas la barreja de roure, om, caoba i pi que s'apiloten a casa meva.

A la taula, a casa seva, parlen fluixet, amb veus serenes, sense que ningú no tingui necessitat de cridar per prendre la paraula i fer-se sentir. A casa nostra, cada u té tot un món a la punta de la llengua, una pila de coses a dir que s'aboquen a la sortida tot reclamant el dret d'envair el camp de les ones sonores. El destí del món es troba a la punta de la nostra llengua. A casa de la Myriam segueixen una regla curiosa: «Si no tens res a dir, no diguis res!» La Myriam, formada en aquesta escola, sovint em diu, quan la meva xerrameca frega l'absurd:

—Per què Déu ha donat a l'home dues orelles i una sola boca? Perquè escolti més i parli menys.

Després de la meva desfeta en espanyol, pràcticament m'he ofegat en un bassal de pessimisme. Ens encaminem cap al gran debat sobre la guerra dels sexes. La Myriam em sermoneja:

—Aquest no és el moment de callar. Compto amb tu en nom de les dones contrabaixistes de tot el món.

—El pitjor és que encara que les nostres paraules arribin a convèncer, no tenen cap influència en el resultat del concurs, ni damunt dels nostres oponents. No convencerem els qui no estan d'acord amb nosaltres.

Al contrari, sóc jo que em quedo quasi convençuda i vençuda quan en Ray Morrison, alt, bell, intel·ligent, raonable, ben educat i simpàtic, que arrenca del seu saxòfon uns sons sensuals, enganxa a la pissarra dos cartells d'anatomia humana de mida natural. En Ray apunta amb el seu dit graciós als baixos de la fisiologia femenina i obre el debat:

–Avui no us explicaré les coses de la vida, ni la reproducció dels ocells i de les abelles, ni com neixen els nens. Simplement voldria, i de la manera més científica, demostrar-vos un fet que data d'Adam i Eva.

Parla bé, amb un to seriós que té un pic de paròdia i de solemnitat.

–No és pas l'última novetat el que us anuncio aquí a la classe 201. L'home i la dona són *diferents*. Subratllo la paraula diferent tot mostrant-vos-ho de manera ben clara damunt d'aquests cartells d'anatomia als quals ja estem familiaritzats gràcies a les intervencions erudites del senyor Wilcox. Seguiu el meu dit, si us plau, a través del paisatge femení.

Atura el seu índex de tant en tant, tot anunciant:

–Trompa de Fal·lopi, ovaris que produeixen els òvuls, úter, coll de l'úter, vagina.

En un altre cartell, un altre dibuix li dóna peu a continuar amb els òrgans genitals externs:

–Clítoris, himen i el seu orifici. Ara veurem que el vocabulari canvia completament en l'itinerari sexual del mascle.

»Senyores i senyors, això és un penis. I això els testicles que produeixen els espermatozoides. Més amunt, en la dona, les regions són muntanyoses, i en l'home són planes. Voldria atreure la vostra atenció en el fet que la diferència és grandiosa i magnífica, font de vida i font de joia. La igualtat, senyores i senyors, és una benedicció maleïda; d'altra banda, no podem pas evocar la igualtat allà on volem fer l'elogi de la diferència. Aquesta diferència orgànica, psicològica i social existeix, i en el nostre benvolgut institut es manifesta per mitjà de nobles tradicions. Una tradició és transmesa pel poble perquè és bella i estimada. La *jazz-band* és tradicionalment mascla i volem preservar aquest eminent costum. Us dono les gràcies.

Podria sentir-se volar una mosca. És sensacional. Anirà a Harvard, aquest. Ai! M'ha tallat les ales. Té raó. Jo també volia parlar de la gloriosa diferència que ha fet excloure els nens jueus de les escoles alemanyes, que ha reduït els negres a l'esclavitud, que ha abocat els oponents polítics als gulags, que ha fet cremar les bruixes de tots els temps. Volia confessar que era una bruixa. Però, vista la seva exposició científica, s'imposa canviar de tàctica. M'aixeco lentament davant del tribunal. Quan no es pot triar, almenys s'ha de ser coratjós. Estic vermella, cremant, febrosa, convulsa. Amago les mans tremoloses darrere l'esquena. Au, noia! En nom de les meves germanes, de sang o no, et toca respondre!

–Dono les gràcies a en Ray Morrison per la lliçó edificant que ens ha donat i us he de confirmar allò que ell tan hàbilment ens ha demostrat: que jo no tinc penis.

No sé qui s'ha quedat més parat per les meves paraules, si ells o jo. Em poso tibant: mai no havia pogut pronunciar aquest mot. El meu pare, l'únic home a la meva vida, és molt púdic. No n'he vist mai cap de bo de bo.

El senyor Conrad fa un somriure d'orella a orella. La Myriam sembla haver-se desmaiat. En Salvatore Di Maggio crida:

–Res de pornografia a l'escola!

El miro de fit a fit i repeteixo més fort:

–No, jo no tinc penis! –exactament com una criatura que ha trobat la manera d'empipar la gent–. I tinc l'honor i el gust d'assabentar-vos que no toco el contrabaix amb el penis.

Ja està, ara això m'ho hauré de sentir cada dia.

–Es toca amb el cap, amb el cor i amb les mans.

Trec les mans del seu amagatall i les ensenyo, amb els dits separats.

–Si en Ray Morrison em vol ajudar en la meva demostració, li ho agrairé.

En Ray, tan educat, ciutadà model, ve de seguida.

–Dóna'm la mà, Ray.

Que estranya és la vida. Acabo de refusar el contacte de les mans en espanyol, i aquí em teniu, pidolant aquest mateix contacte en anglès, i totes dues vegades en nom dels principis.

Agafo la mà esquerra d'en Ray i la comparo amb la meva dreta. Sé que és difícil, si no impossible, trobar una mà més grossa que la meva. Els meus dits sobrepassen els d'en Ray un bon centímetre.

–Mireu –retinc la mà de Ray–, el problema real és saber servir-se de les mans, servir el nostre institut tocant al millor possible. És tot el que us volia dir.

M'assec, amb la cara com un tomàquet i el cor cridant-me: «Toc-toc-toc, traieu-me d'aquí!»

El senyor Conrad diu, adreçant-se a tota la classe:

—A veure qui vol dir res.

La primera mà aixecada és la del meu ídol Ken Foley, la veu de la raó:

—És innegable que per damunt de tot cal saber tocar. Però jo torno a la idea de les tradicions. Ho sabeu, que, en les nostres gires, dormim tots a la mateixa habitació? Ho sabeu, que, abans i després dels espectacles, ens vestim i ens desvestim al mateix lloc? Ho sabeu, que entre homes utilitzem un llenguatge a vegades cru i brutal? Que potser ens haurem de censurar constantment a causa de la senyoreta Hoch? Què et sembla, Hoch?

Prenc la paraula:

—Controlar-se no vol pas dir censurar-se. I qui t'ha dit que em molestaria el teu llenguatge? Això que dius són detalls, i els detalls es poden arreglar. L'home és l'animal suprem, precisament perquè evoluciona i s'adapta.

La Myriam continua:

—La tradició no ho és tot. També existeixen tradicions nefastes. A Xina, hi havia la sublim tradició de matar els nadons si tenien la desgràcia de ser nenes. Un home que accepta la tradició sense passar-la pel sedàs del seu propi judici és un cec que es deixa portar pels altres.

La Julia Pepe aixeca la mà per afegir:

—Es pot entendre que hi hagi plaers separats. Ens agrada parlar entre dones i entre homes. Tenim el dret de fundar clubs privats per a tal o tal altre grup d'interès. Però voldria posar almenys un punt sobre una i: aquest institut, el nostre estimat institut, és una institució laica, pública i *mixta*.

—Bravo, Julia!

Engego aquestes paraules sense reflexionar just abans que en Dom D'Ambola no cridi en to agre:

–Doncs veniu a jugar a futbol, noies!

La Julia:

–Un dia les noies potser jugaran a futbol. Per la meva banda, us regalo aquest joc fastigós i bàrbar.

En Dom D'Ambola:

–El futbol és un joc perfectament honorable, i viril.

El senyor Conrad:

–El debat no és sobre el futbol, Dom.

El debat està en el seu punt culminant quan sona l'hora. El senyor Conrad felicita els defensors de cada punt de vista per la qualitat dels seus arguments. Els favorables surten junts en bloc al passadís. Igualment els contraris.

Em quedo completament descoratjada. El meu futur, ja ho veig, és el professor d'espanyol, el debat i les meves possibilitats supercalculades en contra meu. Hi ha una sola solució: allitar-me durant els sis mesos vinents. Però això no és possible a casa nostra. És divendres, i tothom és a sobre el llit de la Sandra. Tenim el costum d'estirar-nos totes quatre sobre un dels llits per parlar, pensar i somiar en veu alta, riure de totes les coses greus i meditar seriosament sobre l'únic tema realment greu al món: aprimar-se.

La mare és un membre permanent d'aquestes reunions, i oposa la seva indignació confusa als nostres propòsits exaltats. Sovint, mirant-nos com si descobrís l'Amèrica, exclama:

–Els meus tres mons!

Aquestes sessions són el parlament que regeix la nostra vida, tot aportant-hi judicis, decisions i els seus valors. Tot el que s'hi diu és veritat incontestable i estem irrefutablement convençudes que som les millors, encara que els resultats no ho demostrin. La calidesa eterna i l'aprovació incondicional donen la sensació de seguretat d'un salvavides gegantí. Aquest cobrellit de dones ressuscita un cor a la deriva.

–Ho aconseguiràs, ja ho veuràs! –riuen com a reacció a la meva explicació, paraula per paraula, del debat.

El seu optimisme em fa venir ganes de passar-me el cap de setmana tocant el contrabaix. La prova és dilluns. L'ocasió em sembla que és prou solemne per treballar al pis, és a dir, en el saló on altres hobbies s'exhibeixen lliurement: les antigalles que la Sandra col·lecciona des de la seva infància per donar al nostre saló l'aspecte d'un magatzem de drapaires d'Emaús; la tele del pare acompanyada dels seus remucs saludant les nostres intrusions quan es concentra en els seus partits de beisbol i en el seu joc de cartes; el matalàs que la mare fa servir per a fer gimnàstica a terra; el telèfon per a Effie i les seves inacabables converses.

Com sempre, des de fa anys, tot aixecant-me, preveig la possibilitat de necessitar una compresa de les que a casa es compren a l'engròs i que encara mai no han servit per a mi. Setze anys d'esterilitat. Setze anys sense la mínima taca de tinta vermella tan esperada, somiada, aguaitada. Setze anys de certesa que sóc anormal, l'última de la família, l'única entre les companyes. La mare, per a qui tots els metges estan reservats en cas de càncer o de lepra, no ha accedit mai a fer-me'n consultar un. Setze anys, entre classe i classe, entre activitat i activitat, corrents als lavabos per controlar la saba del cos. Ni regles, ni penis, però jo tenia el contrabaix sòlidament ancorat entre les cuixes.

Penso poder posar el concurs com a excusa per no fer el penós viatge en cotxe per passar el dia a casa de la tia Millie a Long Island, amb el partit de beisbol a tot gas i els cigarrets del pare contribuint a parts iguals a fer-me venir basca al llarg de Long Island. Però no! «T'anirà bé per oblidar, s'ha de prendre l'aire. Véns!» Oblido preguntar si puc emportar-me el contrabaix...

Però no me'l deixo. Només penso en això. La tia Millie és la millor cuinera de la família i una maniàtica de la neteja. Li diem el Tornado blanc. No solament enllustra a casa seva fins a fer-ho brillar tot, sinó que només cal que la inviteu a casa vostra perquè espontàniament hi faci un dissabte complet. És l'àngel de la neteja i de l'ordre. Quan algú, a casa seva, s'aixeca d'un sofà Lluís X, Y o Z, ella cuita a arreglar-ne els coixins. Aquell dia, quan em vaig alçar del sofà, fatalment a casa de la tia Millie, hi havia un bassalet vermell fosc de la mida de les meves natges. No sabia on posar-me. Vaig córrer cap a la cambra de bany tot deixant, com en Polzet, un regueró de gotetes tot al llarg del camí.

Per a la tia Millie, això és un desastre de la mateixa grandària que el diluvi universal. Necessito una arca de proporcions més petites que la de Noè, un simple rectangle cotonós, o almenys així m'ho sembla.

Quan m'aixeco del seient de darrere de pell rosada, del Desoto rosa i gris que vam obligar el pare a comprar, la pell és vermella. Sóc una veritable cascada del Niàgara.

És amb l'ai al cor d'aquest pànic exagerat que em presento al concurs, amb un paquet sencer de compreses en equilibri dintre les calces. Sóc una aixeta que degota. Camino amb passets de xinesa per intentar mantenir l'armadura al seu lloc, però a cada pas l'únic que faig és convèncer-me que tot em balla i que em dissoldré, em descompondré davant dels ulls del jurat.

Porto una ampla faldilla vermella, i amb l'obsessió de no tenir degotalls formo amb les dues cames soldades un autèntic tronc d'arbre que ni un llamp podria partir en dos. Quan diuen el meu nom, em veig esquarterada pels lleons, només que ja estava prou devorada pel meu propi organisme. Els meus dits són cecs davant les cordes. Les meves orelles no diferencien un *do* d'un *sol* i el meu cervell es veu incapaç de comptar les fuses i compta només els sospirs.

La prova consisteix a tocar *Take the A Train* amb l'orquestra incorporant-hi un solo improvisat. Tremolant de mans, afino la bèstia, que reclino sobre el meu pit per calmar el metrònom del cor i els recargolaments del ventre. Alço els ulls per pensar en Déu, en la meva família, en la meva pàtria, en la causa de les dones i amb la meva jaqueta de lluentons de la *jazz-band*. Val més morir dempeus que viure agenollada. I tot seguit, el director ens dóna llum verda, i una espècie de grup electrogen autònom es posa a funcionar fora del munt de fils, de cordes i de nusos que sagnen, tot saltant dins els confins del meu pobre ésser. Estic absent, la meva infinitud de cèl·lules de neguit ha mort tot d'una, la meva ànima l'ha recollit un àngel que té formigueig al cul, que bufa sobre els meus dits encesos i que planta en els meus llavis secs i paralitzats un somriure gros com el sol. Jo no sé el que faig, però l'autòmat està tan ben programat que funciona tot sol.

Sóc incapaç de saber si la sala ha quedat subjugada o no. No la veig. Només sé que, en el silenci del final, deixo el contrabaix reclinat i corro als lavabos. I, allà, darrere la mitja porta, asseguda als seient, amb els colzes sobre els genolls i el cap entre les mans, sangloto, unes llàgrimes àcides em cremen les galtes i em foraden el cor. Vesso per tots costats. Després, l'oratge es calma i em quedo atuïda. Torno a l'arena, guardo el gegant a dintre la funda i me'n vaig.

La Myriam em segueix corrent i em diu excitada:

–Ha estat perfecte! No et poden dir que no. Ja ho has sentit, els altres han tocat amb els peus.

Ha estat aleshores que he fet una descoberta, i no me n'he sorprès gaire:

–Saps, Myriam? De veritat, t'ho juro, me'n fot.

La infermera em declara apta per tornar a casa. Ella mateixa telefona a la mare que vingui a buscar-nos. Amb el contrabaix estirat com una diva sobre el seient del darrere, el mànec passat per la finestra i la mare al volant, trobo prou paraules per explicar el desenvolupament del passat més recent. La mare, a punt per a aquesta ocasió, deixa anar les frases habituals:

–No t'amoïnis. Això no és important.

I jo faig la meva pregunta de sempre:

–Si això no és important, què és important?

Fins un arbre necessita tenir una funció i busca una tasca per acomplir.

Com de costum, com si fos una resposta, la mare em diu:

–Simplement, cal viure al dia, i ser feliç!

–Què és important? –pregunto a la Sandra.

–Un Cadillac, un abric de visó, diamants a tots els dits, a les orelles i al melic, i una enorme biblioteca de dòlars.

–Para! –li dic, escandalitzada pel franc materialisme que cova des de sempre i per sempre–. Creus de veritat que els diners fan la felicitat?

–Sí! No és que ho cregui, ho sé. Ho veig dins el meu cap: jo i els meus texans gastats sota un fabulós visó. Surto del Cadillac per fer una ràtzia en una joieria. Aquest és el meu somni! I no oblidaré el teu nas!

Faig la mateixa pregunta a l'Effie:

–Què és important?

No dubta:

–L'amor i l'amistat, el riure. Fer viure els qui et volten. Això és la Vida amb V majúscula.

Això tampoc no acaba de satisfer la meva set de conèixer l'objecte de la vida, però l'Effie és almenys, per a mi, un model. D'entrada, és capaç de ressuscitar els morts i de matar els vius. Té grans ocasions de practicar aquest darrer art, i en primer lloc entre els amiguets de la seva germana petita, que jo cobejo en secret i que ella blasma en públic tumultuosament.

Vampiressa

La primera vegada que vaig tenir setze anys, no sabia què era important. A falta de conèixer la significació de la vida, menjava. M'empassava una macedònia d'espaguetis, macarrons i tallarines, tot untat amb una barreja de mantega i de quetxup. I la importància de la vida s'ha fos amb la mantega.

Després d'haver buidat el rebost de provisions italianes, per tal de refer-me, la Sandra ens porta amb el seu cotxe d'ocasió al *Kitchen Sink,* una gran gelateria molt popular perquè hi serveixen les boles de gelat dins d'enormes plats en forma de gibrell. N'hi deu haver tres litres per ració. Si se'n mengen dues, la tercera és gratuïta. Però una no té dues boques per menjar. De tota manera, una de les meves ambicions és guanyar, un dia, el tercer gelat. Pots arribar a oblidar els pares, els amics i tothom, sobretot davant un gelat de mantega de pacana regat amb caramel líquid, xarop d'erable i nata. Vivim en l'excés exquisit, l'excés podrit, l'excés foll, riures folls, somnis folls, moments folls d'amor o folls de tristesa, folls d'alegria i folls de desig.

Aquest refugi després de la prova, quasi me l'ha feta oblidar, fins al moment que el director, el senyor Troutman, em telefona.

–No has anat a veure els resultats?

–No, no ho volia saber abans de demà.

–Bé, doncs ho sabràs encara que no vulguis... Felicitats! Ja ets membre titular de la *jazz-band*

Sembla content de veritat, ell que només pensava en la qualitat de la música, i jo també al capdavall.

–Els nois deuen estar de dol.

–No t'amoïnis. Demà hauries de passar per *Uniformes et Compagnie* a fer-te prendre mides per a la jaqueta i fer-te tallar una faldilla. No val la pena que et disfressis de noi. Demà assajarem per al ball de dissabte a la nit. Personalment t'he de dir que estic encantat de tenir-te entre nosaltres.

Tinc ganes de plorar. És una de les meves grans qualitats, que em val el títol de «ploramiques». Per no res em poso a plorar. Ploro llegint, mirant una pel·lícula, rient. Ara ploro d'alegria, perquè l'avantatge de tocar en els balls és que ja no tinc necessitat que m'hi invitin.

Habitualment, la cosa comença el dilluns a les set del matí, amb una inquietud punyent: m'invitarà algú al ball? El ball es fa cada setmana al gimnàs de l'institut, ja que aquestes mundanitats es consideren formatives i educatives. Com a mínim et destrossen els peus.

A les nou, sempre hi ha, inevitablement, algú que em punxa:

–Ja t'han invitat?

Al migdia, estic desesperadament asseguda a la cantina amb el somriure seductor de la més bonica vaca de rebaixes. Bon negoci! Miro com passen l'Howie Ellis, en Peter Wolk, en Bobby Zlotnick, somiadora i impotent.

–Hola, com va?

M'ofereixen les engrunes, i jo vull un pa sencer. Però encara no puc canviar els costums. Un home pot nedar tot sol, però no pot ballar tot sol un lent. A les cinc, fracàs, frustració, vergonya, el cor grec es lamenta a casa, bé que mantenint l'optimisme:

–Encara tens quatre dies.

La mare fa inventari:

–Podria telefonar a la senyora Ellis preguntant si el seu fill ja ha invitat algú, o bé a la senyora Wolk.

–Mare, prefereixo morir. T'ho prohibeixo!

Per sort, el fet d'inquietar-se no impedeix de realitzar altres activitats. Així, «turment, angoixa i treball» és un eslògan que em permet de perseguir els meus diversos projectes tot neguitejant-me enormement respecte de la meva vida social, d'allò que pensen de mi. Trobaria un dia l'amor?

Tot esperant l'amor, tinc molts altres projectes: el primer és el d'aprendre'm el diccionari de memòria i el segon, el de llegir tots els llibres publicats en llengua anglesa. Passo hores amb el diccionari, repetint-me cada paraula fins a la incrustació d'una pàgina sencera, i després d'una altra. Penso que puc acumular les paraules en estocs enormes i després, un dia, sembrar-les fins on dóna la vista. «Carena, carenar, careta, cargol, cargolar, carícia.» He anat fins a «carícia», i m'ho sé tot de memòria fins a la lletra C.

Quant als llibres, els manllevo de cinc en cinc a la biblioteca. No s'acaben mai, sempre hi ha nous candidats que em criden l'atenció. No hi ha prou temps, però tinc tota una vida per davant i ho aconseguiré com en la llegenda: «Fins que les prestatgeries de la biblioteca del cel no estiguin del tot plenes i un nou llibre bo hi arribi, tots els llibres de la col·lecció celest es premeran per fer-li lloc.» Penso que la vida és com aquesta prestatgeria celest, on tot es pot estibar, tot s'hi pot inserir, sempre hi ha prou lloc.

Els nois de la *jazz-band* no pensen pas com jo. Continuen creient, i fent-me sentir a mi, que no hi ha prou lloc al vestidor comú ni abans ni després del concert. El seu espectacle premeditat m'espera a la primera ocasió: surten de l'última classe abans d'acabar per arribar abans que jo. Entro decidida, innocent verge inofensiva, doneta recent que fins ara no havia contemplat mai l'anatomia masculina al natural.

Tot d'un plegat, en obrir la porta, m'encaro amb una tropa alineada d'onze titoles, vint-i-dues natges, testicles a dojo, un desgavell de melics, cuixes, cames, ventres durs i llisos, tot pelut, musculat i circumcidat. És, potser, el somni d'una nimfòmana –*Penissimo!* Una autèntica colònia nudista. Supero la meva vergonya i les ganes de fer mitja volta. M'esforço a mirar-los a la cara (no més avall) i els etzibo:

–Bon dia, germans músics. Feu bona fila, avui, amb els petits daixonses pendolant.

Jo, ja m'he canviat als lavabos –si sóc púdica, no és pas per pudor, sinó perquè estic acomplexada. Si hagués tingut alguna cosa per ensenyar, de bona gana l'hauria mostrada.

Me'n van gastar d'altres abans d'arribar a fer de mi una mena de mascota monstre que no recorden gaire bé on i quan l'han adquirida. M'amaguen la partitura, m'afluixen les cordes. Mai no em presten els seus músculs virils per transportar el més gros instrument del conjunt. Hi ha gent que són incapaços de molestar-se a oferir-vos un respir.

I és per això que no els he convidat a la festa dels meus setze anys. Jo no tenia especialment ganes de fer una festa, però és obligatori. Per què als setze anys, i no als quinze? O als disset? O als catorze o als divuit? No sé pas quina fita representen els setze anys en l'esperit americà. He vist el pastís d'aniversari que feia un metre quadrat cobert amb el seu solemne missatge: «Dolços setze anys. Que tota la teva vida sigui tan dolça!», i m'han vingut ganes de vomitar. No disgustis Déu! Si tota la meva vida hagués de ser tan dolça com aquest període mal fotut, la tornaria a l'expedidor. Dolça com una carbassera. Dolça com la incertesa. Dolça com la manca total de confiança. Dolça com el neguit de tenir aquest cos voluminós. Dolça com les ganes de fer coses. Dolça com la por d'obrir la boca per dir inevitables bestieses. Dolça com la preocupació de plaure a tothom. Dolça com l'avorriment. Dolça com la por. Dolça ànsia de viure.

Vaig a la perruqueria per primera vegada a buscar un miracle. En surto amb un cap dues vegades més gros, un niu de voltors superposat sobre el serrell en forma de plàtan. Les meves germanes em troben fantàstica. No em puc mirar. M'havien ofert un vestit de setí vermell amb dues campanes per mànigues i una faldilla en forma de campana. Campanes per a una tocacampanes! Estic horrorosa, com una falsa adulta, maquillada per a un paper que no vull fer. Els preparatius són lamentables. L'Effie em descoloreix el borrissol dels llavis amb un producte blau que crema. Va rient mentre em fa veure al mirall el meu bigoti:

–Sembles en Hitler!

Així en Hitler també ha vingut a la festa dels meus setze anys.

Amb les pinces de depilar començo a desembarassar de pèls les cames. L'un rere l'altre, amb un frenesí i un zel sagrat, ataco aquest exèrcit d'intrusos que neixen en el meu cos. Cada pèl arrencat em produeix una satisfacció tan gran que en perdo el compte i la noció del temps. Em pregunto si hi ha res a la vida que sigui tan apassionant com aquest combat contra la natura. Per una vegada vull ser perfeccionista i alliberar la superfície sencera del genoll fins al turmell d'aquests fils negres deshonrosos, però al cap d'unes hores, i d'uns quants milers de pèls, amb l'esquena partida en dos, m'he adonat que, quan arribaria a l'últim, el primer ja hauria tornat a créixer. Això que no estava pas segura que aquest treball fos més inútil que tants d'altres; comptar els pèls té més sentit que comptar notes musicals, comptar els mots del diccionari o comptar dòlars, ja que almenys les cames les podem tocar i palpar. Per tenir setze anys, tenia les cames més llises del món.

He tingut regals en forma de cor, en forma de número 16, saboneres, paper de carta, joies. Petons de xocolata en comptes de petons de saliva humana, ballo amb l'Harvey i amb en Bobby i amb en Marc i en Joe. M'agrada molt aquest contacte, m'agrada el braç que m'envolta, la mà quc agafa la meva, les cuixes que em toquen, els pits que em refreguen. Llàstima que no m'agradin el propietaris de tot això.

Empès per una caritat d'aniversari i potser per la seva mare, en Ronnie em demana si vull anar al cine amb ell la setmana que ve. Estic contentíssima, no perquè la meva estima per ell sigui superabundant, sinó perquè això em fa pujar en l'estima de les meves germanes i de les meves companyes. Obtenir una invitació per sortir amb un noi és quasi com si et posessin una medalla. Puc lliurar-me a una setmana serena sense cabòries.

Jo no m'avorreixo quasi mai a classe, tinc tot de trucs contra l'avorriment. Escric cartes, poemes, començaments de novel.les. Faig esbossos artístics. Llegeixo llibres de butxaca hàbilment camuflats. Penso amb en Rock Hudson i en Paul Newman. Somio en una vida indefinida però plena d'amor. Muda, dialogo amb escriptors i pintors, morts o vius, a qui admiro. Intento d'imaginar el professor d'infant, o en ple adulteri, o a la sauna. Canto dintre del meu cap les cançons del *hit-parade* o les melodies dels concerts. A l'hora d'espanyol faig els deures de mates i a l'hora de mates responc les preguntes d'història, en una cursa quotidiana per acabar els deures abans d'arribar a casa.

I és que hem de ser-hi sens falta a l'hora de la nostra emissió preferida, pura mostra del geni de la televisió americana: «The Dick Clark Show». Arribem, l'Effie i jo, panteixants. Encenem la tele abans de treure'ns els abrics, i... miracle! tots hi són presents, els nostres amics en dues dimensions. «La idea» és «d'animar» els Top 50 fent-los escoltar per una banda d'estudiants en una espècie de ball públic televisat. Ballen de dos en dos i nosaltres estem extremament atentes als canvis de parelles. «La Justine ja no és amb en Ted, el qual és amb la Carol. Que desgraciada sembla!» Els mateixos estudiants desfilen per la pantalla cada dia. I l'endemà a l'institut es comenten els seus costums, el seu pentinat, la seva gràcia, la seva psicologia íntima i invisible. Dedico dues hores al dia a aquesta poca-soltada. Enganxada al sofà, ells ballen per mi. A part del «Million Dollar Movie», és la meva única vergonya.

Al canal 9, «Million Dollar Movie» és l'únic programa. Cada setmana fan una pel·lícula, que passa i repassa tot el dia durant set dies i set nits. El que a nosaltres ens encanta fer, és refugiar-nos davant la minúscula tele de l'habitació dels pares, sota l'edredó del gran llit conjugal, i mirar la mateixa pel·lícula vint-i-vuit vegades. Això és tot un campionat i intentem batre els nostres rècords cada setmana amb una pel·lícula nova. Al final de la setmana, ens sabem la pel·lícula de memòria i recitem el diàleg a cor amb els actors. Les nostres pel·lícules preferides són *Arsènic i velles puntes*, *No pots endur-te-la amb tu*, i *L'esplendor dels Amberson*.

També estic davant d'una pantalla en el gran premi de la setmana: la meva sortida al cinema amb en Ronnie. He passat nits divines fantasiejant sobre les nostres enllaçades voluptuoses i els nostres petons ardents. Ja em veig explicant-los al comitè d'empresa instal·lat sobre el llit de la meva germana, quasi puc sentir els indrets on posarà els seus dits.

El cinema és mig buit, és fosc, la pel·lícula és en blanc i negre i la mà que baixa per sobre del meu pit és un sudari negre i lúgubre. En Ronnie comença per fer lliscar el seu braç per darrere del meu clatell amb la mà caient-li furtivament sobre la meva espatlla. Estic una mica esverada, bastant incòmoda i en camí cap a un monstruós torticoli. Després, la bestiola que puja s'equivoca de camí i baixa astutament, cega i vident al mateix temps. La mà està alerta, intencionada, i jo estic a l'aguait, fent veure que no noto res, com si estigués captivada per la pel·lícula. De fet, estic completament ficada en el bullidor dels meus raonaments. Penso que aquesta mena de palpaments estan reservats a l'amor i que l'amor vol dir obligatòriament l'amor, i que d'amor, com de Déu, només n'hi ha un. Un sol Déu, una sola vida, un sol amor, un sol home. I, aquest home, ¿era encarnat per aquella mà que em magrejava les mamelles i intentava foradar un túnel sota la goma dels meus sostenidors? Com podia estimar-me fins al punt de voler palpejar els meus pits després de només deu minuts de vida en comú? Malgrat uns estranys pessigolleigs dintre les meves calces, sóc impermeable a aquest amor i a aquests dits que no són res més que serps reptant vers la meva reputació.

Però jo vull ser-li simpàtica, i a més a més vull que m'inviti una altra vegada. Admiro també el seu coratge: és decidit, determinat, intransigent. Continua la seva campanya a través de la meva anatomia malgrat els meus espeternecs i les meves protestes discretes. S'ha de tenir moral per desfer la tanca dels sostenidors d'una quasi total desconeguda.

Ningú no m'ha dit mai que el sexe és un plaer, però jo no pensava que fos dèbil fins a aquest punt. Prego al meu Déu vigilant... Es pot esperar un miracle, però no s'hi pot comptar.

El miracle arriba gràcies a la necessitat imperativa de comprar crispetes a mitja pel·lícula. Han tallat la pel·lícula amb una lluminària encegadora i una veu anuncia que estem invitats a servir-nos de l'omnipresent màquina de crispetes calentes i emmantegades. Respectuós de les convencions, el meu ardent cavaller abandona la seva ardor per satisfer-se en matèria de crispetes. Torna amb un paquet de grans inflats i llepissosos que, gràcies al meu Déu viligant, l'ocupa durant la segona meitat de la pel·lícula. Ben educat, s'està de tocarme les mamelles amb els dits plens de mantega.

El blat de moro ha apagat aparentment el seu desig. Ni al drugstore on hem anat a prendre la Coca-Cola de costum, ni durant el trajecte en cotxe, no reprèn el fil del seu impuls. No és fins que arribem davant de casa meva i aparca el cotxe per al comiat, que es recorda de la seva missió. Allà, en la fosca intimitat, davant de les meves germanes, dels meus pares i dels veïns, entre el volant i el respatller, contorsiona la columna cap a mi i entafora la seva llengua dintre la meva boca badada. No m'agrada ni el gust, ni la consistència, ni l'olor. Tinc la impressió de ser forçada a empassar-me bèsties infames: pops, meduses, anguiles, cavalls marins. Tinc unes ganes irreprimibles de vomitar. Així, doncs, no menteixo quan em desfaig de la seva abraçada tot afirmant:

–No em trobo gens bé, he de ficar-me al llit.

En aquell temps calia esperar que vinguessin a obrirte la porta del cotxe.

–Quan ens tornarem a veure? –pregunta sense entusiasme. Ell manté els seus objectius luxuriosos. La idea de tornar a trobar la seva llengua a dintre la meva boca renova el meu vague mareig.

–Bé, podríem parlar-ne al ball la setmana que ve, durant els descansos de l'orquestra.

Em deixa sortir del seu Chevrolet i m'acompanya en bona i deguda forma fins a la porta de casa, darrere la qual esperen la mare, la Sandra i l'Effie, àvides de notícies.

La mare cultiva una curiosa equació respecte del pecat, que no té res a veure amb la sexualitat precoç ni madura. Per a ella: «Beure + menjar = engreixar-se». Naturalment, la seva pregunta de benvinguda és:

–Què? Ha anat bé? Què has menjat?

–Crispetes i Coca-Cola.

–Està bé –m'assegura tot fent la suma de les calories.

La Sandra, fidel als seus ideals, fa la seva pregunta:

—Quant ha gastat?

—El preu del cinema, de les crispetes i de la Coca-Cola.

—Un garrepa, doncs.

L'Effie sondeja la consistència del meu èxit:

—Et vol tornar a veure?

—Se'n mor de ganes. L'he captivat amb el meu enteniment, la meva conversa apassionada i les meves corbes rubensianes. —I tot seguit afegeixo—: No m'agrada gens ni mica.

—Però per què? —suplica la mare, per a qui una declaració així és un certificat de fracàs—. És ben plantat, intel·ligent, de bona família. —(Això vol dir: Jueu.)

—Mare, que hagi sortit amb ell, no vol pas dir que m'hi hagi de casar. És ben plantat, sí, interessant i interessat, ve't aquí!

—Interessat? Tu no ets rica. No tens poder. No ets precisament Miss New Jersey.

Faig un strip-tease sobre la marxa.

—Tinc el que cal tenir, mare. Creu-me.

I em fico al llit tal qual, nua davant l'Etern, massa nerviosa per purificar-me de les familiaritats ambicioses. Penso a contracor que no hi ha convents jueus, però el convent no és pas l'única solució. Puc consagrar-me a la humanitat, anar a l'Índia amb els pobres. El Tercer Món no és res més que un concepte molt borrós d'una geografia boirosa i d'una realitat més aviat fantasiosa, però no em desplau veure'm darrere un immens calderó alimentant afamegats plens d'agraïment. Una germana laica. La pobresa ha estat creada per donar als rics una ocasió de ser caritatius. Al capdavall, no vull consagrar-me a la humanitat; no estic segura que mereixi la meva atenció. M'agrada més la idea de ser una gran heroïna romàntica, una poetessa maleïda, o una verge casada amb l'art o amb la ciència. Deuen existir empreses prou espirituals i que no consisteixin a casar-se i tenir fills, més que més si per a això últim cal passar per indignes palpaments.

Estirada sobre el meu llit, el meu cos m'envia ara missatges nous. Quan algú em recomana un llibre, el llegeixo amb entusiasme. La passió per la lectura és contagiosa. El desig de desxifrar el propi cos, també. Les mans d'en Ronnie mancades de tendresa m'han fet venir ganes d'inventar carícies per al meu cos.

Quan em desperto, sento unes altres mans que operen sobre la meva esquena nua i adormida. L'Effie està asseguda cama ací cama allà sobre les meves natges i dirigeix la maniobra.

–Aquí n'hi ha un de gran gran! Vinga!

La Sandra m'ausculta. Em treu els barbs, em prem els grans, em pinça les pústules tot exclamant:

–Oh, és exquisit! No has vist mai res de semblant! Oh, que bé que ens ho passem!

Era com si tinguessin un miniorgasme a cada sortida d'una dosi de pus.

–Ara em toca a mi! –rondina l'Effie–. Ara em toca a mi!

–No, deixa'm continuar una mica.

Les insulto:

–Sou covardes, bandarres, perverses, verinoses! Aneu's-en! –Crido. Bramulo–. Sou unes bruixes, uns escurçons, unes sangoneres!

–Xst-t-t-t... –em xiuxiuegen.

–Fer-me això quan dormo. Colla de sàdiques!

–Però és que no ens ho deixes fer quan estàs desperta.

—Despertar-me amb marranades com aquestes!

Mai no me n'escapo, tot i l'experiència que ja en tinc. Ronden al meu voltant com ocells de presa.

—Només un.

—Sempre dius només un i després dura hores.

—Però, és pel teu bé. S'han de treure absolutament tots. No tens cap necessitat de portar aquest verí dintre del cos. Això infecta.

És tot el contrari. Són elles que ho infecten. En certa manera, gaudeixo de l'únic poder que tinc sobre d'elles. Crido:

—Deixa'm. MARE!

—Deixa-la tranquil·la —recomana la mare sense convicció.

—Sigues bona —m'amanyaga la Sandra—, et deixaré el meu suèter de caixmir negre.

—Ni que em deixessis el teu nas arremangat i els teus ulls blaus, no et permetria ni un minut més de matxucar els meus grans amb les teves ungles de bruixa. Retira les potes! MARE!

—Xst-t-t-t! —xiuxiueja l'Effie, que continua tenint-me d'ostatge.

—Setze i prou! Pels teus setze anys —em diu, inspirada—, i nosaltres serem les teves esclaves un dia sencer!

—Em portaràs l'esmorzar al llit?

—Sí!

—Em planxaràs l'uniforme?

—Sí!

—Em deixareu en pau?

—Sí!

—Si és així, feu-ne setze.

Després de tot, és una dolça tortura, segons elles en

bé de la meva higiene, i són tan agraïdes... durant cinc minuts.

Quan els pares decideixen anar de vacances a Michigan a veure la tia Rose i deixar-me en mans de les meves torturadores, sota la vaga vigilància telefònica de la comunitat de tietes i tiets, m'adono que no tindré cap aliat en la meva guerra dels botons.

De fet, aconsegueixo bescanviar alguns barbs per sortides en cotxe en una llibertat que fa trencar de riure. Acompanyo les meves germanes en les innombrables anades i vingudes davant del garatge del pretendent de torn de la Sandra. Murray ven cotxes d'ocasió. Cada vegada que ve a buscar-la porta un cotxe diferent, prodigi que li dóna un aire de ric i que augmenta el seu prestigi davant la meva germana gran. Davant del seu taller, entre els vehicles estacionats, el prestigi, ennegrit per les seves reparacions de motors, no minva ni un bri. Sembla un rei enmig de fidels súbdits immòbils. M'agrada sobretot el seu aire de productor a Broadway o de VIP amb els peus sobre la taula d'escriptori dintre la seva barraca. Generós, ens fa descobrir l'arquitectura interior dels Buick, dels Lincoln i dels Dodge. La Sandra frisa per ell, però tenia massa por que no li embrutés el seu ermini blanc imaginari amb les mans plenes de greix.

Ella té passió per anar en cotxe, amb la ràdio a tota pastilla emetent ritmes de cha cha cha. Fins i tot havia ensenyat al seu Ford de fer el cha cha cha frenant i accelerant segons el ritme del ball. Circula de pressa en un estat d'oblit de tot i de nosaltres, els passatgers del seient del davant.

No sé si és el cha cha cha, la velocitat, o la ignorància del codi de circulació el que la porta a envestir no menys de quatre cotxes alhora, proesa que hauria estat massa complicada de fer reconstituir a un professional.

En defensa seva, cal dir que, després d'un vast huracà anomenat Sheila, els cotxes haurien hagut de ser equipats amb veles per travessar aquests rius de carreteres. Travessem un pont que necessitaria un altre pont, ja que el cotxe xipolleja com un amfibi indecís. Mai no tinc por d'anar en cotxe amb les meves germanes màgiques i fortes, ni tan sols enmig de les danses cubanes més enrevessades. Fins i tot quan un agent de policia ens atura per excés de velocitat, sé que la meva germana se'n sortirà sense que la multin.

I fins tot constatant que ha perdut irremissiblement el control del vehicle, no tinc por. Ella s'ho apanya per aterrar en un camp de cotó hidròfil. Tampoc no tinc por al moment del xoc amb els nostres quatre cotxes víctimes. Les meves germanes, al meu costat, em fan de para-xocs contra la por. No és fins després, en la paràlisi que segueix la carambola, vagament morta sense ser enterrada, que ressuscito tot sentint la pregària de la Sandra:

—Oh, Déu meu, un miracle! Potser això li arreglarà el nas! Un cop fort pot anar bé.

L'inconvenient és que el meu nas està intacte; és la mandíbula la que s'ha esclafat. No puc empassar-me cap aliment que no sigui mòlt i liquat. La cosa dura mesos abans de progressar cap als potets de criatura. De fet, m'encanta la situació. Res de forquilles ni de ganivets. El meu estri bàsic ara és la palleta.

Les meves germanes n'han sortit il·leses. El cotxe —els cotxes!—, difunts.

Els pares decideixen no marxar mai més de vacances. Jo començo a tenir por dins els cotxes que ballen el cha cha cha. Les meves germanes es veuen obligades a interrompre el seu estudi dermatològic dorsal, perquè la posició em fa massa mal a la mandíbula. Puc posar el meu mal com a excusa per a qualsevol feina o moviment que no m'agradi. Però sí que puc tocar el contrabaix.

Vampira

La primera vegada que vaig tenir setze anys, estava atrapada entre el present i el futur, entre la família i jo mateixa, entre l'amor i l'odi. Les meves germanes tenien un petit dispositiu capaç de desfermar les meves ires. Només els calia fregar-se amablement i lentament el polze amb l'índex davant del meu nas tot miolant: «Mocoseta.» Així aconseguien convertir la meva sang freda en un bany de sang, despertar el monstre que dorm en el meu interior. Els arrencava la pell a esgarrapades, els omplia de cops, deia totes les paraulotes que tenia la desgràcia de conèixer. La mare sempre arribava a temps per impedir un assassinat. Elles eren les úniques al món capaces de provocar una tal violència en mi, tan oposada a la meva naturalesa calmada.

Volia matar-les, però en d'altres ocasions hauria matat per elles. Això em passava moltes vegades al dia quan passàvem les vacances d'estiu en família. El meu avi llogava una part d'una granja a la muntanya per permetre la reunió de tots els seus fills i progenitura. Dins d'una enorme cuina, cada subconjunt del conjunt principal tenia la seva pròpia cuina, nevera, armari, bateria de cuina i taula. Cada u cuinava per als seus en un esperit de forta competició. Després, a l'hora de menjar, el concurs quotidià de la millor cuinera ens portava de taula en taula per tastar totes les salses.

Desgraciadament, les mandonguilles de la tieta Evy i els blintzes de la tieta Paula no són gratuïts: cal suportar les seves observacions, sobretot la meva germana Sandra:

–Els teus shorts són massa curts, se't veu el cul!

–Per què et maquilles tant? Sembles una vampira!

–Retira't els cabells del front. Et tornaràs cega!

–Mantén-te dreta! Vas geperuda.

–T'has engreixat!!! Qui es voldrà casar amb tu?

Elles estan ben grasses i sempre mengen goludament, i tot i això s'han endut el trofeu en la cursa cap al marit. Durant els llargs àpats i les hores de preparació, o al voltant de la piscina, sobre la gespa o allà on sigui, no paren de plànyer-se d'aquestes miserables mostres d'home que els serveixen de marits. Però, totes, no volen res més per a la meva pobra germana.

Sempre estan palpant-li el greix, el sotabarba, les cuixes.

–Amaga la panxa! –diu la tia Millie.

–Deixa-la tranquil·la! –li dic jo, exasperada.

–Amaga la teva, de panxa! –crida l'Effie.

Aquesta solidaritat davant el món exterior es desintegra quan es tracta de la mare. Amb ella, secretament, amb murrieria, ens agrada sembrar l'obcecació maternal de petites sospites sobre els defectes de les dues altres filles. Cada una es bat pèrfidament per guanyar el primer rengle a l'amfiteatre del cor de la mare. Però aquestes hipòcrites de set soles no ens impedeixen de cridar alt i fort des del matí fins a la nit:

–Les meves germanes són les meves millors amigues!

No puc esperar ser més bonica que elles, però m'aprofito del seu encant. Sóc una de les tres germanes

Hoch de qui tant es parla. L'ocasió perfecta per a una de les nostres aparicions majestuoses, és quan hi ha un casament.

Els preparatius són llargs i minuciosos. Cal construir una cuirassa contra les crítiques tietesques tot provocant-les al màxim. L'escot del vestit negre («*Negre* per a una boda?», dirà la tieta Minnie) ha d'estar just al límit de la decència, a l'igual que les parpelles en arc de sant Martí de l'Effie. Cada una de nosaltres fa els acabats sobre l'altra fins a assolir la perfecció. Les faldilles dels nostres vestits de fil i de tafetans de seda fan tanta estufera sobre els mirinyacs que tenim treballs per entrar al cotxe. La mirada de la mare cap al seient del darrere confirma l'èxit de l'operació. Pel casament del cosí Sheldon, les meves «millors amigues» em van obligar a fer-me una permanent que m'infla el cap tant com la faldilla i em fa una fatxa tan esbojarrada com les meves esbojarrades germanes.

És normal que en un ambient en què casar-se és l'objectiu de la vida, un casori sigui un esdeveniment incommensurable. Demanen un crèdit, hipotequen la casa, es queden penjats, però fan un bon casament. Tots els testimonis d'aquesta victòria colossal són convocats per engolir prou menjar per fer esclatar el seu sistema digestiu.

Arribem a l'entrada de l'hotel on la gran sala de ball està llogada fins a mitjanit. Un porter agafa les claus del cotxe i nosaltres en sortim, alteses reials fins a mitjanit.

L'hotel sembla un Versalles d'opereta. Això no ens priva de meravellar-nos d'aquesta versió americana de la falsa esplendor. Què en sabem, nosaltres, d'autèntics o falsos canelobres i de mobiliari d'època? Ens és igual d'estar a les rodalies de París o a les de Hollywood. Ni a Versalles es va servir mai tant menjar.

Abans de l'espectacle, preparat amb entusiasme des de la infància, els invitats són pregats de prendre paciència amb un refrigeri que cobreix una taula de tres quilòmetres de llarg. Bufet fred, peix fumat i canapès a un costat, i, a l'altre, bufet calent amb menges de cada país. No saps per on començar. Les meves germanes i jo fem un bloc per dissimular a la mare les quantitats que consumeix.

L'hora de la cerimònia arriba a temps per donar repòs a les mandíbules esgotades. Els rengles de butaques de vellut vermell ofereixen repòs i una vista directa al tàlem nupcial que acollirà la celebració del culte.

A continuació, amb l'ajuda de Mendelssohn, tothom calla i els ulls es giren cap al passadís central on una processó digna de la coronació de la reina d'Anglaterra s'obre un lent camí cap al rabí. Hi ha les dames d'honor, els avis que encara viuen, el nuvi flanquejat dels seus pares, la núvia amb la seva mare radiant i el seu pare estarrufat, i tot un assortiment d'altres personatges. La núvia flota dintre d'un núvol de setí i de seda. La marxa nupcial és massa curta per acompanyar tota aquesta gentada al seu lloc. S'ha de tocar tres vegades, com un disc ratllat.

Una terrible tristesa m'envaeix. El cosí Sheldon i la seva núvia són joves, bells i intel·ligents. Ella s'assembla a la Grace de Mònaco i ell a en Cary Grant. Estan interpretant el paper de la seva vida i no en són conscients. Després d'això, què poden esperar? Aquest gran moment, ¿era l'únic, davant d'una sala d'espectadors admirats, abans d'iniciar una vida anònima en la qual arreplegar cada cop més diners, més somnis i més quilos?

Sheldon esclafa amb el peu la copa que simbolitza la pena de la destrucció del Temple i acaba així el ritu. No, mai no tenim obertament el dret de ser feliços. Un fil del nostre esperit ha de quedar lligat al passat penós. També trenquem la copa, pel que sembla, perquè una copa trencada té alguna cosa d'irrevocable, com el casament.

Tot seguit, l'orquestra crida els convidats a la gran sala de ball. L'animador anuncia el primer ball per a la núvia i el seu pare, el nuvi i la seva mare i tota mena de combinacions que finalment arrosseguen tothom a la pista de ball. Jo ballo amb els meus cosins i cosines, o miro ferotgement el contrabaixista de l'orquestra. No puc veure un contrabaix sense sentir la necessitat d'agafar-lo entre els meus braços. En realitat, sóc una mica exhibicionista i la idea de ser una espècie d'estrella davant de tota la família no m'abandona. No em costa res de sostreure el contrabaix a aquest mercenari de la música, feliç de poder-se atipar mentre jo tinc cura de pinçar les cordes.

Aquest impuls em ve sempre que els meus ulls topen amb un monstre d'aquests. Deixaria fins els amics íntims per refregar-me el nas amb un contrabaix anònim, fer lliscar la mà esquerra darrere el llarg mànec, grapejar les clavilles, balancejar-me amb aquest cos feixuc i lleuger, i oblidar la meva persona per fondre'm en el conjunt. És així com aquest vespre decideixo formar un conjunt i tocar jo també en festes i casoris.

La Sandra desapareix incestuosament amb el cosí Herbert, un solter del qual es diu que ja és milionari. Però, milionari o no, no es pot pas casar amb el seu cosí germà. Després, torna una mica borratxa, amb l'escot encara més escotat, i inevitablement algú havia de fer una observació a la mare, com els veïns i els amics indignats que li telefonen per demanar-li explicacions:

–Sylvia, com pots deixar sortir les teves filles vestides i maquillades així? Com pots permetre un comportament semblant?

La mare té una resposta estàndard que repeteix amb sang freda i amb molta paciència:

–Escolta'm. Tu eduques *els teus* fills i jo educo *els meus*!

En presència de les meves germanes, no tinc necessitat de fer esforços per existir, conscient d'aquests lligams que fan bullir la sang d'alegria i de pena. La vida és cada dia un casament amb els seus complots i les seves alegries.

No penso mai que un dia elles marxaran, ni que la vida se'n va. Per què la vida és més passatgera que un contrabaix?

Els assaigs i els concerts poden perfectament omplir una vida, però aviat comprenc la veritable raó de rebuig de les dones a la *jazz-band*: una dona té massa seny. Veu massa les bestieses, la mala gestió, l'explotació descarada. Si voleu viure idiotitzat, viviu sense cap dona! Per mantenir el renom del nostre grup, hi ha assaigs obligatoris cada dia i concerts dues vegades a la setmana. La faldilla de lluentons comença a pesar-me sobre les espatlles.

És un projecte realment fantàstic. Les subvencions que rebem dels centres comercials, de les indústries, dels diferents clubs financen els uniformes, els menjars, els instruments i fins un minibús per traslladar-nos. La *jazz-*

band és fabulosament rica, però els músics són lamentablement pobres.

No acuso pas el nostre director, el senyor Troutman. Tampoc no s'hi enriqueix personalment. La *jazz-band* és la seva raó de ser, quasi la seva religió. Que tothom hi cregui, és normal per a ell. És difícil de resistir el seu entusiasme, però els dubtes m'assalten. Som professionals i treballem per menys de tres rals.

No tinc ganes d'amotinar-me, ni d'esvalotar els altres. Si la glòria d'aquest institut de beneits els exalta tant, molt bé! Jo, no estic tan impressionada.

Multiplico les excuses per sortir-ne honorablement. Dic a en Ken Foley i a en Ray Morrison que tenien raó, que una noia no està feta per a aquest enrenou constant. «No puc més!» Menteixo.

Com més falses febleses m'invento més se m'enganxen. En Ray s'ha tornat galant i em porta el contrabaix. En Ken em fa somriures compassius:

–Com va? Aguantes bé?

La meva fragilitat inventada desinfla la bola de superdona que m'havia construït per protegir-me contra la seva arrogància. Com més dic: «Teniu raó», més insisteixen: «No, i ara! No, i ara!» Com més faig veure que necessito d'ajuda més ells m'ajuden. Adoren la bleda ploranera en què m'he convertit quan no estic apuntalada al meu contrabaix. Davant d'ell, no sóc capaç de disfressar la meva força. Quan toco, les meves reivindicacions s'ofeguen.

Explico els meus projectes a la Myriam, davant dels seus ulls escandalosos:

–Voldria formar la meva pròpia orquestra, buscar els meus propis clients, viure dintre del món.

–No siguis tòfola. Tens tota la satisfacció, tot el

prestigi i ara també la consideració d'aquests paios.

–I els diners?

–Per fer-ne què?

Sóc incapaç de respondre. No em falta res. No desitjo res d'extravagant.

–Els diners són la realitat.

–Fins ara deies que la música era la realitat.

–Però, si guanyés diners amb la música, seria realment la veritable vida.

–Vols dir que existeix una falsa vida?

–Una entre-vida. Tinc la impressió d'estar dins un túnel sense fi a casa dels pares, sense iniciatives, sense necessitats, sense projectes. Voldria sortir d'aquest túnel i començar a viure per mi mateixa i per a mi mateixa.

–Per què voler forçar l'evolució? Cada cosa al seu temps. Ja arribarà. Tothom plora la fi de la joventut i tu vols assassinar la teva pròpia joventut. Per la meva part, a casa dels pares hi estic superbé. Les úniques preocupacions que tinc són portar bones notes i aconseguir el diploma.

–Els diplomes són un paper i prou.

–Els diners també.

Continuo tocant amb la *jazz-band* mentre la idea d'ampliar l'activitat musical va arrelant en mi. Els nois, com més bé es porten amb mi, més deplorables els trobo. Per això em dic que, si formo un conjunt, serà amb noies. Però les noies saxofonistes, trompetistes, trombonistes encara han de néixer, almenys que jo sàpiga.

Pregunto a tothom, busco incansablement, però l'únic instrument de vent que trobo és una flautista, Lilah Mandelbaum. Però res de metall. La Myriam toca el fagot, però els seus pares no volen que s'hi guanyi la vida. L'Effie ha tocat el clarinet durant dues setmanes, temps insuficient per inspirar-li cap so acceptable. No estic malament de candidates pianistes, violinistes i violoncel·listes. Decideixo, doncs, fer pel que tinc i el meu conjunt de jazz es troba a mig camí entre un quartet de cordes, un quintet mozartià i un potipoti de primera categoria. La Lilah a la flauta, la Barbara Bloom al piano, la Marcia Klingman al violí i jo directora d'orquestra i contrabaixista.

Assagem a casa de la Barbara Bloom perquè té piano de cua. Als seus pares no els fa gaire gràcia, més ben dit, al seu pare, però no hi és mai. La seva mare, en canvi, és un autèntic mànager, vol que toquem a Broadway, a Hollywood i a París de França. Mentrestant, va dient a tothom que som genials i ens prepara entrepans i pastes cada cinc minuts tot dient:

–Mengeu, que estimula la creativitat!

No s'assembla en res a la mare, excepte quan pensa que sóc genial.

És la cosina de la senyora Bloom la primera que ens contracta per tocar a un Bar Mitzvah. Molt em penso que s'ha sentit més atreta per la nostra tarifa de principiants que no pas pel nostre talent. Li hauria estat igual de trobar-se amb quatre contrabaixistes del moment que fossin barats; però ens adreça tota mena de lloances i ens promet que parlarà de nosaltres a les seves coneixences.

La clientela aviat està feta, fins al punt que em veig obligada a dir que no. Em confio al senyor Troutman, que m'aconsella de continuar les dues carreres, la pública i la privada.

–Res no t'impedeix de tocar a fora; no tens cap contracte exclusiu amb nosaltres. Però, si et plau, no ens abandonis.

Els diners guanyats pel meu conjunt no em fan més feliç que la glòria de la *jazz-band*; el que passa és que ja no tinc temps de pensar en la felicitat.

Crim, delinqüent

La primera vegada que vaig tenir setze anys, pensava que la paraula «crim» s'havia inventat únicament per a les novel·les policíaques i per a Alfred Hitchcock, però ni la glòria ni els diners no podien treure'm del sòrdid afer que em va succeir.

Ens encanta fer compres, l'únic divertiment disponible, i el nostre gran orgull és de ser compradors insuperables, és a dir, trobar coses barates. «Barat» és més que un qualificatiu a la nostra vida, és el nostre desig més profund: «Bo, bonic i barat.» És una petita porta del paradís. Estalviem fent les compres més barates del món que no serveixen per a res. Estalviar és, sens dubte, el màxim objectiu de la vida, abans fins i tot que l'educació, que el casament i que fer fills. Ningú no és capaç d'explicar-me res sobre l'objectiu d'aquests estalvis i mai no he comprès que de fet només sigui un joc, una manera de ser.

Busco en va la finalitat dels pobres estalvis que els meus pares poden fer: un viatge fabulós, un xalet sumptuós, cotxes fets a mida, joies, bons menjars en restaurants d'anomenada? Però res.

Els únics restaurants que honorem amb una visita familiar són els que fan superreclams. Si costen més d'un dòlar per a una família de cinc, no hi anem. I hi anem bastant abans de l'hora punta, per aprofitar les promocions a meitat de preu. Tant se val que tinguem ben poca gana a les quatre de la tarda, l'important és que és un bon negoci. I molt millor si no tenim gana, ja que sigui com sigui el menjar no és bo. Ens atipem de pa cobert de mostassa, de ketchup i de cogombrins oferts gratuïtament pel restaurant.

Abans d'entrar-hi, som avisades. És l'acord tàcit mil vegades repetit i inculcat.

–Tothom demanarà el plat del dia.

Enmig de la tensió originada per una eventual traïció d'aquest acord, miro l'inútil menú com un mapa del món que anuncia tot de països somiats i mai visitats, ja que el negoci del dia són inqüestionablement els espaguetis a la bolonyesa.

El nostre comportament s'explica en part per les privacions i les dificultats dels avis immigrats per als quals un dòlar representava la supervivència. Però els meus pares, sense que els sobrin els diners, poden pagar-nos un àpat modest a la veritable hora del veritable dinar en un restaurant de veritat.

El pitjor en aquest sentit és l'oncle Georges. Acabo de passar uns dies a casa seva amb les meves cosines. L'home declara, com si fos el xa o un paixà:

–Escolta, estem contents de la teva visita i voldria que et sentissis com una reina a casa nostra. Us portaré al restaurant.

No goso dir-li el que en penso: «Això no! Tant se val tot abans que això!» És absolutament denigrant.

D'entrada negocia amb el *maître* cinc coberts al preu de dos (ja que nosaltres, de setze anys, quinze anys i catorze anys, som criatures). A continuació, fa sortir el cambrer de polleguera per tenir una millor taula, més pa, l'aigua més gelada, la sopa més calenta, tovallons de recanvi, mostassa, més pa. No perquè ens faci falta, sinó perquè sí.

Es guarda a dintre la butxaca una pila d'accessoris: una mosca (morta), un escarabat (viu), cadàvers de formigues arrencades de la seva corrua a la flor de l'edat. La mosca deixa la butxaca de l'oncle George quan està a punt d'acabar-se la sopa, i aterra a dintre el plat amb prou temps per permetre-li d'amenaçar el restaurant amb una demanda als tribunals si no ens porten ara mateix cinc plats de sopa sense insectes.

–Demaneu el que vulgueu, maques. És el vostre dia. El que vulgueu.

Tímidament demano:

–Salmó fumat, si puc.

L'oncle dóna un ràpid cop d'ull a la carta i està a punt de desmaiar-se.

–Bah! Quina necessitat tens del seu salmó fumat? Te'n compraré tant com en vulguis demà al mercat. Potser que demanis el plat del dia.

Espaguetis a la bolonyesa, per variar.

Els plats se succeeixen i es veuen retornats cap a la cuina o cap a les escombraries l'un rere l'altre, substituïts per d'altres que segueixen la mateixa sort. Normalment, l'únic resultat de l'àpat és la fam, però l'oncle Georges es felicita de no haver pagat res, encara que no hàgim menjat res. Ell, s'ho ha passat prou bé. Jo, em voldria morir.

A casa nostra, la noció de comprar per plaer no existeix. Comprar flors, com un dia vaig tenir la mala idea de fer, flors que es pansiran i es moriran, és pura bogeria. Triar una marca de margarina recomanada tres cèntims més cara que una altra és un crim castigat per una allau de recriminacions. Comprar-se llibres, ni que siguin d'ocasió i amb els propis diners durament guanyats, provoca una mirada ressentida, sonoritzada per: «Fes el que vulguis, si el que vols és llençar els diners.» Un nou disc entrat en secret a dintre de la meva habitació i detectat entremig dels altres provoca un escàndol. Gastar és més que una infracció, és un complot contra la forma oficial de viure.

En canvi, procurar-se discos, margarina, llibres i fins i tot flors pansides amb picardies, tracamanyes i habilitats diverses és d'allò més benvist. Obtenir una mostra gratuïta d'un cafè fastigós és mil vegades millor que pagar deu centaus per una tassa de bon cafè. L'energia i la concentració necessàries per guanyar uns quants cèntims d'ací i uns quants cèntims d'allà no compten. Només compten els diners, que són d'una abstracció total.

Aquesta cursa de petits estalvis és una tara hereditària. Si no pots pagar-te el car, ofereix-te el barat. Com menys costa més bo és. És costum de la casa vigilar un article durant mesos, fins que està rebaixat un dòlar poc més o menys, i llavors saltar damunt de la ganga.

Una de les meves ensarronades precoces és de dir que he pagat una cosa més barata del que realment val. M'agrada observar els meus interlocutors amb cara d'angoixa per la troballa. Em crec la meva pròpia mentida abans que la mare em digui:

–I per què no n'has comprat més?

Pentino els grans magatzems buscant rampoines. És una cacera de ridículs tresors que només serveixen per omplir els nostres calaixos ja sobrecarregats. Però quin esport! És un campionat de mitjons desaparellats, sostenidors invendibles, sabates massa estretes. Exposo els meus saldos triomfals a les escales de les golfes. Són un espectacle insòlit de la bogeria del consum.

No faré mai el més mínim ús d'aquests capricis. Però encara tinc menys necessitat del meu caprici fatal. Mai, mai de la vida no em posaria aquest bikini de malastrugança. Mai no tindria les galtes d'exhibir el pa de carn que tinc entre la pitrera i els malucs. Mai no exposaria el meu pobre melic a l'aire hostil i al sol agressiu. Aquest bikini frívol compost de dos cercles impresos, d'altres cercles concèntrics lligats amb fils i de dos triangles formant la part de baix. És superb! M'hi veig, jo, com a deessa del sexe o com a *gogo-girl*? No ho intento pas. El palpo, hi esculpeixo dos pits monumentals a sota dels cercles per afegir un efecte òptic als colors que xoquen en el dibuix. El triangle de ratlles em fa venir una esgarrifança pensant en el matollar que hauria de dissimular. Com es pot cobejar fins a aquest punt un parrac semblant? El qui cobeja una cosa és culpable de robatori dins el seu cap.

Sóc Miss Amèrica. Sóc la reina de Saba i Gina Lollobrigida. Aquest deplorable teixit sintètic és el símbol d'allò que no sóc i que no seré mai: una noia sense complexos i molt, molt sexy.

Allò que els ulls no veuen, les mans no ho prenen. Però els meus ulls, veuen. No el puc pas comprar, és massa bèstia, massa estrafolari, massa superflu, i els diners, diuen, no creixen dalt dels arbres. Res no justifica la compra d'aquesta disfressa, encara que sigui barata (barata si no es calcula el preu per metre quadrat). I què és menys car que el que és de franc?

Amb un gest brusc després d'una hora de manipulacions, esmunyo el conjunt a dins dels meus pantalons. L'etiqueta em grata el ventre i la presència culpable es fa sentir a cada gambada cap a la sortida més propera. És el meu primer crim de dret comú. La cara em crema, el cor fa una cursa diabòlica. El cap martelleja.

El vent fred –massa fred per portar un bikini– em glaça. Abans d'haver fet tres passes, una mà es posa, com una destral, sobre la meva espatlla. Hauria pogut ser ben bé una bala que m'haguessin disparat al mig del cor. I, a més, m'ho esperava, em quedo petrificada. Dos immensos ogres em flanquegen.

Un d'ells m'ordena:

–Senyoreta, segueixi'ns!

Sóc tan obedient, tan cívica, tan entenimentada, que els seguiria fins a la Cotxinxina. El viatge entremig de la gent, amb la por de ser reconeguda, és llarg. Un despatxet d'una decrepitud insospitada al cor d'aquest magatzem impecable és el lloc ideal per fer-me confessar.

–Has robat un article.

–Jo? –pregunto sincerament, perquè ells segurament no s'adrecen a l'excel·lent alumna, a la noia honrada que jo sóc. Se me'n deu haver anat el cap durant un segon.

–No ho neguis. Ho hem vist tot. Fa una hora que et seguim.

Es veu que faig pinta de lladre de magatzems.

No penso que vulguin escorcollar-me a dintre dels pantalons, però recordo una lliçó del Talmud: «L'home culpable que nega el seu crim, el dobla.» Sigui com sigui ho nego.

–Oh, Déu meu! Perdoneu, que distreta que sóc! M'he oblidat completament de pagar. Us ho pago de seguida.

Trec el portamonedes ben ple i començo a distribuir bitllets verdosos.

–No t'hi amoïnis, maca! Ho hauràs d'explicar al jutge –em diu un d'aquests bestiotes que té necessitat d'apuntar-me a la llista per justificar el seu salari. Agafa una fitxa i comença a interrogar-me.

–Nom!

Per primera vegada el meu nom, glòria de l'institut, clau de respostes ràpides, ressona de manera infame. Tinc tanta vergonya que comprenc el que vol dir «amagar-se sota les pedres». Però, al mateix temps, estic escandalitzada per la injustícia d'aquest cop dur. Val més sofrir la injustícia que practicar-la. Milers de lladres, de brètols, de malfactors i de gàngsters corren pels carrers i ells, aquest parell d'animalots, no tenen res més a fer que enxampar una trista pre-ciutadana.

–Adreça!

Veig la meva casa feliç i sento com una vasta mortalla es posa sobre tots els moments feliços.

–Número de telèfon!

Entre tots els missatges d'alegria i de tristesa s'infiltrarà una telefonada d'aquest delator. El pare em té dit que m'estimaria igual encara que no tingués tan bones notes, però m'estimarà en aquest flagrant delicte d'ignomínia?

–Data de naixement!

–Professió.

Vull mentir. No sóc una estudiant model. No puc resistir la idea de posar al corrent el tutor i els altres professors. Però quina altra cosa podria ser? No m'imaginava res més.

–Nom del pare!

És aquí on esclato. Començo a sanglotar:

–No, no, deixeu el meu pare tranquil. No vull embrutar el nom del meu pare.

L'home estimava tant la seva Amèrica! Sovint em deia que res de mal no podia passar:

–És Amèrica, aquí.

I jo estava demolint la seva Amèrica, on dos cosacs poden arrossegar la seva inofensiva filla cap al fang.

–Nom del pare.

La seva insistència agressiva revifa el meu instint de combat. No cantaré el nom del meu pare.

–Senyors, segons la Constitució dels Estats Units d'Amèrica, tinc el dret de ser defensada.

–Al tribunal seràs defensada, lladregueta. Però aquí respondràs a les nostres preguntes.

Porc bandarra, el vull matar! Un crim n'engendra un altre.

–El meu pare està malalt. Em nego, emparant-me en la cinquena esmena, a respondre aquesta pregunta.

–Nom de la mare.

La mare sembla menys vulnerable i prou més apta per defensar els seus pollets contra els atacs dels salvatges, i no tinc el sentiment de trair-la quan dic el seu nom:

–Sylvia.

–Antecedents judicials?

–Verge –dic, amb seguretat. No em sé estar d'esperar que oblidaran el bikini que porto dintre els pantalons i que, a falta del meu honor, podré conservar l'objecte de la meva desfeta.

–Bé, doncs, això és tot per ara. Deixa l'article sobre el despatx. L'expedient seguirà el seu curs.

Quin curs? És que després de sis mil anys de resistència i quasi setze de valents esforços, potser acabaré darrere les reixes? Per quins mitjans burocràtics m'anihilaran, amb la meva família i el meu poble? No sé què fer ni on posar-me; llavors em refugio en una cabina i telefono a la Sandra. Ella té uns valors una mica estrambòtics, però en els grans moments és única per a l'acció.

–San?

–Hola, maca.

–San? –La meva veu tremola.

–Què passa?

–M'ha passat una cosa terrible!

El qui està destinat a morir ofegat, s'ofegaria dins un got d'aigua.

–Què ha passat? –em pregunta, alarmada.

–M'han detingut amb un bikini.

–Espera, tu no t'has posat mai un bikini.

–Me l'he posat a dintre els pantalons.

–Escolta, no entenc res del que dius.

–Aniré a la presó, la meva vida està acabada. Em mataré.

–On ets?

–A Broad Street, davant de can Bambergers.

–No et moguis, ja vinc.

Em troba a dintre de la cabina, podrint-me en el vici. M'empeny cap al seu cotxe mal aparcat i on la criatureta que guardava per a una veïna plora pels meus pecats.

–Bé. Ara, explica-m'ho.

–No ho he fet expressament.

–No has fet què?

–Robar un bikini.

–Ara et crec. Com se t'ha acudit, de prendre un bikini! Encara no puc fer-te canviar el nas, però et puc comprar tots els bikinis que vulguis.

–No en vull cap, de bikini.

–Així, et passejaves amb una de les teves companyes dèbils i t'ha dit: «Et desafio a robar aquest bikini», i tu, pastanaga, has dit: «Fet!»

—Ni t'ho pensis! És encara més bèstia.

—Què, doncs?

—Em migrava davant d'aquell bikini esquifit, però no estava de rebaixa, i aleshores, abans de comprendre el que em passava, el tenia dintre els pantalons, i abans que girés el cap em trobava entre les mans de dos cromanyons.

La criatureta crida. Mai no ha vist cap criminal.

—I després?

—M'han tancat en un despatx podrit per omplir unes merdoses fitxes, i després m'han dit que la cosa seguiria el seu curs —dic, ruflant.

—Bé, no t'amoïnis —em tranquil·litza, com si sabés perfectament com anava la cosa i el seu pla de batalla fos establert—. Guarda el nen i me n'hi vaig.

—A on?

—Els vaig a parlar. Res més. No hi tinc res a perdre.

Em sento salvada. La Sandra pot arribar a convèncer una pedra i es discutiria fins i tot contra l'àngel de la mort. En paraules, és campiona del món. En la defensa de les seves pròpies idees estrambòtiques, se les pot haver amb qui sigui. Autodidacta, tot ho sap, i sap sobretot que només ella té la veritat i que els altres s'equivoquen radicalment. És impossible resistir-se a la seva convicció, a la seva força de persuasió, a la confiança que té en ella mateixa, a la seva increïble vehemència. Com que està segura que tothom és antisemita, això l'ajuda a mantenir una espècie de venjança permanent al servei d'una causa sagrada. En realitat, només estima els jueus, excepció feta de la gent que coneix. Estima per damunt de tot els jueus absents, o abstractes, i sobretot els morts.

I també m'estima a mi i creu bastant en el meu futur del moment que deixa aquest infantó a dintre d'un cotxe aturat en doble fila amb una criminal notòria. Corre cap al lloc del meu crim, troba els talossos que m'han empaitat i ho fa tan bé que agafa la fitxa, l'esquinça davant meu i diu solemnement:

–No ho faràs mai més, i no se'n parli mai amb ningú.

Per recompensar-me de la meva pena, posa el bikini sobre els meus genolls. No tothom té la sort de tenir una *superwoman* al seu servei, però és Amèrica, aquí.

Nul·litat

La primera vegada que vaig tenir setze anys, el pare resumia el súmmum de la civilització amb aquesta expressió: «És Amèrica, aquí!», però, per a mi, això encara no ho era tot. Al començament d'una carrera de delinqüent, tenia prou enteniment per saber que no hauria d'existir el racisme, l'atur, l'analfabetisme, la misèria. Un govern pot caure per una sola injustícia.

També tenia l'enteniment de saber que hi havia moltes coses i paraules que jo no entenia. Tenia el costum de fer llistes de paraules per buscar al diccionari per omplir les meves llacunes, però el diccionari era impotent davant de molts dels seus pensionistes, com *amor*: «Impuls físic o sentimental que atreu un ésser humà cap a un altre»; *home*: «Ésser dotat d'intel·ligència i d'un llenguatge articulat, classificat entre els mamífers de l'ordre dels primats, i caracteritzat pel seu cervell voluminós, la seva posició vertical i les seves mans prènsils»; *Déu*: «Entitat o ésser sobrenatural, creador, amo de l'univers i dels destins humans, generalment objecte d'un culte religiós»; *història*: «Ciència que estudia el passat de la humanitat».

El diccionari m'oferia poca ajuda per comprendre una altra paraula difícil: *mort*: «Cessament definitiu de la vida». No hi havia pensat gaire fins a la mort prematura del meu oncle, i, quan es comença a pensar en la mort, no s'està gaire segur de la vida. L'àvia sempre deia, respecte de cada projecte i de cada ambició: «Ja que ens hem de morir...» I el meu oncle, que no es pensava ni per un segon de ser immortal, reia tot proclamant: «Ningú no en sortirà viu.»

La primera vegada que vaig tenir setze anys, pensava que la mort era com el fruit podrit que se separa de l'arbre per consentiment mutu. Pensava que només passava als vells que ja en tenien prou de viure. L'oncle Jerry no era el meu primer mort. El record del timbre del telèfon que va fer saber a la mare que el seu pare havia mort ressonava encara a les meves orelles. El telèfon, instrument de l'esperança (també podia ser un noi que volgués sortir amb mi), va esdevenir per a mi un objecte d'aprensió, ja que era capaç de donar les pitjors notícies. La mare havia penjat i jo no comprenia per què deia: «La vida de la meva mare s'ha acabat», quan era el seu pare el qui s'havia mort.

L'avi no era tan vell com això. A seixanta anys, era un cap de colla vigorós i ple d'empenta. L'enterrament va ser una manifestació. No és que la família formés una gernació, però la totalitat dels membres del sindicat de sastres l'augmentava considerablement. L'avi era un home molt estimat i sobretot ho era per nosaltres, els seus néts. L'exaltació de la reunió familiar ens impedia de manifestar massa la nostra tristor. Durant set dies després de l'enterrament, ens vam quedar a casa l'àvia, que rebia les visites d'una bona part de la població de Brooklyn. Tothom portava un paneret d'aliments, i la mort, a part de les cares tristes dels meus oncles sense afaitar asseguts als tamborets baixos, era una orgia de pastissos i de coses bones. El pa i la mort: tot gira al voltant d'això.

Aixeco uns centímetres de llençol que tapa el mirall per verificar si estic trista, ja que sé que és de bona educació estar trista quan algú s'ha mort. L'àvia m'atura. No vol contemplar la bellesa de la carn sobre la terra, ja que el cos d'en Zadeh Max està en procés de descomposició sota la terra. Ell hauria rigut tot dient: «Morir és una cosa gratuïta, però costa una vida.»

En el cas de l'oncle Jerry és diferent: cap llaminadura no pot alegrar aquesta pèrdua prematura i irrevocable. Com empassar-se-la, sabent com n'era de llaminer? No puc seguir els seus consells: «Quan tinguis gana, canta; quan tinguis penes, riu.»

Era el nostre amiguet de torn. La Sandra sempre porta la seva foto al damunt per fardar davant de les seves companyes inventant una història d'amor tan libidinosa com incestuosa. Era el germà més jove de la mare, que és la gran de la família. Va néixer poc abans que nosaltres, però no va abandonar mai l'autoritat que li conferia la generació que ens portava d'avantatge. Quan va venir a passar unes nits a casa de la seva germana, li va allargar diners, com a regal, abans de marxar. Indignada, ella li va dir: «No m'insultis!» El dia de la seva mort, la meva germana, tot fent la feina de la casa, va trobar els diners que ell havia amagat dins un sobre en el qual havia escrit: «Calla!»

Cada vegada més entaforat dins l'enormitat del seu cos inflat, tenia un cor botit. El somriure en la seva boca oberta als fruits de la vida funcionava com una bomba que l'inflava fins a fer-lo semblar un gegant i l'omplia de bon humor. Era tan gras que el seu pas prenia les proporcions d'una desfilada. Per asseure's, era més complicat. Calien cadires sòlides. No era un gras avergonyit, sinó un gras majestuós i alliberat. I profètic quan deia: «Ja tindré temps d'aprimar-me a dintre la tomba.»

Era un gras tan seductor que ningú no es resistia al seu encant, als seus ulls que espurnejaven, a les seves galtes d'infantó gegant que us hauria agradat pessigar constantment. El seu sentit de l'humor anava més de pressa que una pilota de ping-pong, amb rebots inclosos. S'oferia generosament com a espectacle i escoltava els altres amb compassió. Jo no suportava la idea d'un casament o d'una Bar Mitzvah sense la seva interpretació de *Rumania, Rumania*. La seva mort ha estat un cop de puny que m'ha deixat un forat al cor. La família s'ha construït tota una filosofia per acceptar aquesta mort, però per a mi el muntatge no s'aguanta. Descobreixo que, amb cada mort estimada, una mor també una miqueta. Jo encara no estic morta i no sé a què s'assembla la mort, però cada palada de terra sobre un taüt recobreix una mica la meva vida.

«Ja que hem de morir...» Jo dic a la mare:

—De què serveix treballar tant, per acabar on acabarem tots?

La mare és una militant de la vida i el seu lema és: «En la vida, tot depèn de l'actitud que s'adopta.» Està segura que si ens llevem cada dia dient: «És bonic viure», la vida obeirà. També està convençuda que als Estats Units es pot fer tot, arribar a tot, provar-ho tot i aconseguir-ho tot.

L'Effie, matisa més: «S'ha de viure tant com es pugui.»

És, en certa manera, la seva especialitat. El dia que finalment va aconseguir travessar el mar Roig amb un diploma de l'institut, la mare es va asseure al seu costat i li va preguntar:

–I, ara, què vols fer?

–Fer? –va dir l'Effie, com sobtada per una pregunta tan estrambòtica.

–Sí! Vols anar a la universitat?

La idea de tornar a l'escola, quan acabava de veure-se'n alliberada, li va posar la pell de gallina.

–Que ho dius de broma?

–Així, buscaràs feina?

–No hi he pensat mai. Quina mena de feina?

–S'ha de buscar en els petits anuncis...

–Buf...

–Què, doncs? Vols ser carnissera, pastissera, perruquera, bomber, lampista, infermera?

–Bé –diu, com si la llista enumerada per la mare representés la tria completa–. Infermera, no estaria malament.

A l'hospital on comença a aprendre l'ofici, tothom la coneix, des del malalt més modest fins al més alt dels caps mèdics. És tan coneguda per la seva eficàcia com pel seu refús d'atenir-se a les regles. Està convençuda que, es faci el que es faci a la vida, s'ha de ser una mica pallasso. Es maquilla perquè la vegin a un quilòmetre de distància. Cada ungla la porta pintada d'un color diferent. Li agrada tant portar un somriure als llavis dels malalts que no fa gens de cas de les amenaces dels superiors que es veuen obligats a acceptar-la tal com és.

Quan porta Noah a casa, fa la impressió d'haver travessat l'espai i les profunditats de la Terra per portar un príncep prodigi d'una esplendor encegadora. L'esdeveniment es consagra amb una tassa de te a la cuina. Noah el Sublim no pronuncia ni una sola paraula, i restem insensibles a l'encant que exerceix sobre l'Effie.

S'asseu entre nosaltres, amb el cap dintre les mans

i els colzes sobre la taula, totalment impermeable a les nostres temptatives de conversa, tan absent que no veu els grans gestos de l'Effie darrere la seva esquena:

«L'estimo!», ens gesticula.

«Heu vist mai res més bell?», crida sense paraules.

La mare fa una ganyota. El pare fa no amb el cap.

«Estic boja per ell!», diu amb la punta dels llavis.

La mare arronsa les espatlles.

«És sensacional.»

Els superlatius s'encadenen en un repertori mut mentre l'objecte d'amor també es manté en el mutisme, com si Rodin l'hagués petrificat.

Els pares immediatament li agafen mania. A casa nostra no es toleren els tímids.

Quan érem petites, fèiem la llista del que esperem de l'amor. La Sandra, no cal dir, apuntava un sol article: la riquesa.

L'Effie no demanava gaire més: l'amor i la bellesa. Jo volia desvalisar el magatzem. El que jo demanava a l'amor era comprensió, complicitat, passió mútua, amabilitat, comunicació fàcil. Volia que l'altre fos cultivat, savi, dinàmic, esportiu, obert, càlid, bé de butxaca, manyós, cuiner, pare pedaç, murri, dolç i autoritari. Però observava, gràcies a les meves germanes, que les llistes s'esborren davant la cosa, quan apareix l'home, i no comprenc com paraules tan pesants poden envolar-se com balons d'heli.

L'Effie, en canvi, té el que volia. Ell hauria pogut fumar tres paquets cada dia, esventar flatulències en so estereofònic, roncar eixordadorament. Hauria pogut ser garrepa, brut, miserable, taral·lirot. Hauria pogut ser un soca sense ni un gram de personalitat. Ella l'havia anomenat Amor, i prou.

Per sort, no posseeix totes aquestes qualitats; només és impetuós, agitat, volcànic. L'escultor s'ha oblidat de polir-lo. De fet, té molt de caràcter, quan no es troba davant del nostre tribunal familiar.

Jo tinc la culpa que es coneguessin. Estava de visita a casa de la meva amiga Israela quan el vaig presentar a la meva germana. No parlava ni una paraula d'anglès, ja que només feia una setmana que havia arribat. Nascut a Txecoslovàquia, un kibbuts a Israel l'havia recollit després de la guerra. Tenia pressa per tornar a casa seva. La mare també.

–És un kibbutsnik, un cultivador, un pagès! –retreu la mare.

–Que em cultivi! –replica l'Effie.

Ve i s'asseu amb nosaltres, calmós i moribund. Però, en absència nostra, quan parla hebreu, és un ésser diferent, un autèntic animador.

D'altra banda, no es precipita per tornar a Israel. Ha trobat feina en un garatge i comença a saber prou anglès per revelar a l'Effie què en pensa del seu vestuari bufonesc. Amb un remugueig planyívol, la mira tot dient:

–Effie, t'ho prego, t'ho suplico. –Més tard afegeix–: De genolls, prosternat, t'ho suplico...

Les fórmules de súplica van elaborant-se més i més a mesura que el seu anglès millora, però l'Effie no es canvia mai, i m'imagino que és tan feliç de poder mantenir la seva reivindicació com ho seria si la veiés satisfeta.

La malícia i la hilaritat bullen en ell i al mateix temps té una força continguda, sobretot quan m'ajuda a transportar el contrabaix. Li agrada molt la música clàssica i de vegades ve als meus concerts, sense la meva germana, que no suporta els aires de Beethoven o de Brahms. Va ser testimoni d'un fracàs immund en un d'aquests concerts, el dia que només tenia una sola nota per tocar i la vaig espifiar. El director em va fulminar amb la mirada. I em vaig preguntar si algú pot fracassar en la vida com jo vaig fracassar en aquella nota.

Verge

La primera vegada que vaig tenir setze anys, estava convençuda que la vida em devia una suma exorbitant de rialles, de distraccions i de bons moments, i que no pagava gaire de pressa el seu deute. Potser era que «l'aventura» no volia saber res de mi? Era perquè les paraules no substitueixen la vida, que vaig fer una fuga històrica? Així ho explicava en una carta que vaig deixar a sobre la taula de la cuina:

«Tinc la impressió que la vida no acaba de començar. Mare, tu sempre em promets un futur gloriós. En quin moment comença el futur? Cau del cel com un OVNI? S'ha de buscar com una agulla en un paller? En tot cas, estar immòbil és estar encadenat. Tinc l'estranya sensació que he de treure'm del damunt la mediocritat per canviar de vida, topar amb situacions desconegudes i conèixer desconeguts amics. No us amoïneu, sóc prudent, sóc jove i tinc diners. I vivim en un país civilitzat. No es tracta de cap revolta; no tinc cap retret a fer-vos. Senzillament, sento que la vida és en algun lloc fora d'aquí, i tinc necessitat d'anar-la a trobar. Aquí, l'institut, la tele, la mare, el pare són un escut contra la vida. Ja tindreu notícies meves.»

Ningú no ha escrit un *Manual per fugir de casa*, però és ben clar que de bon principi cal tenir una idea d'on anar, i jo no en tinc ni la més mínima. L'autor del manual certament no hauria aconsellat de fugir al ple de l'hivern, engavanyada amb unes immenses botes i amb un anorac prou gros per encabir-hi set esquimals... i amb un contrabaix. El paisatge del nostre carrer tranquil és un desert blanc sembrat de les espurnes argentades d'una neu fresca que encara cau. Un temps perfecte per quedar-se a casa. Al peu del turonet on ens deixàvem lliscar en trineu hi ha la parada de l'autobús número 13. L'espero com si anés cap a la mort en comptes d'anar cap a la vida.

El fred és un dolor que atura la sang que s'escola. Prega, filla, perquè no et vegis mai obligada a sofrir el que no pots suportar. Sempre, quan el fred mossega, una pel·lícula em passa pel pensament: uns homes en pijama ratllat, alineats sobre la neu. Dalt del turonet, la meva casa calenta, plàcida. I la vida està en suspens en l'atmosfera, com una ànima esgarriada. Inabastable.

L'autobús arriba fent ziga-zagues. El conductor obre la porta per acollir l'únic passatger que justifica el seu servei solitari. Modesta feina: solca els carrers d'una ciutat morta. Per què no abandona i se'n torna a l'escalforeta de casa seva? L'abnegació dels treballadors humils em deixa espaterrada. Són ells els qui mouen el món. Que les coses rutllin, que els trens arribin i marxin, que el telèfon soni, a mi em sorprèn, això que no he conegut altra cosa que aquesta eficàcia perpètua. Dec tenir com un record d'un temps anterior.

Pujo el contrabaix a l'autobús.

—Bon dia! —em diu el meu conductor—. Què hi fas al carrer amb un temps així?

—No us volia deixar sol. —No demana més explicacions, però jo les hi dono igualment—. He d'anar a comprar una cosa.

Si li sembla estrany que algú vagi a comprar amb un contrabaix enmig d'una tempesta de neu, no ho dóna a entendre. Potser ja està acostumat a les rareses.

A més de complir el seu deure de conduir l'autobús, se sent obligat a entretenir els passatgers, dels quals jo sóc l'únic espècimen. M'assec al primer seient del seu darrere a la dreta. Estiro el contrabaix al mig del passadís.

–Vius aquí? Mai no t'havia vist a l'autobús.

–No els faig servir gaire, els transports públics. Primer, no vaig mai enlloc, i, després, hi ha el cotxe, la bicicleta i les cames.

–Avui val més anar amb esquís.

–No demano a Déu que canviï les lleis de la natura.

–I per què canviar-les? Mira que bonic. No hi ha circulació, i és el meu últim viatge. La vida és bonica. Com et dius?

Dir-li el meu nom em sembla natural. A continuació dic:

–No us avorreix fer aquest trajecte tot el dia?

Mai no li havia passat pel cap.

–No gens. Puc pensar el que vull. Conec un munt de gent, i em guanyo la vida. Hi ha coses pitjors, t'ho asseguro.

–Però no desitgeu fer una altra cosa, aprendre un altre ofici, pilotar un avió, per exemple?

–Sóc massa vell –em respon alegrement.

És inimaginable per a mi que algú sigui massa vell per recomençar. La vida és una ampla platja de temps, quasi infinita. Tenim tot el temps que cal per canviar, per recomençar i per viure tantes vides com vulguem. Avui enceto la meva segona vida. Sé a quina hora començo, però no sé quan tornaré. La neu cau a rams de flocs cotonosos i tendres. Estic tan perduda en el meu meravellament que oblido el meu interlocutor.

Ell no m'oblida. S'embranca en una descripció del seu pessebre. La meva casa és l'única del carrer que no té la façana maquillada amb bombetes de tots colors. És com un forat negre que trenca la continuïtat de la llum i enterboleix la festa com un esgarriacries que va a un ball de disfresses sense disfressa. Passo de llarg d'aquests intrusos que s'anomenen la Verge Maria, Josep i fins i tot el bell infantó que ve a capgirar la humanitat.

–Hauries de venir a veure el meu nen Jesús. L'he fabricat a partir d'una nina, sí, una d'aquelles nines que tanquen i obren els ulls i que fan pipí quan se'ls dóna el biberó. I és que no hi ha models de xicot. He guanyat el primer premi de decoració de Nadal del meu barri. Tothom ve a fer fotografies.

S'ha firat malament amb mi, el pobre. No el puc felicitar per entretenir la meva agonia anual de Nadal. Maleït Nadal que s'apodera dels meus sentiments i de la meva resistència. A l'institut, al curs de cant, calia articular les paraules de les cançons de Nadal que ressonen com una apostasia. La mare havia tingut la bona idea de recomanar-me:

–En comptes de cantar «Crist, nostre Senyor, és nat», cantes 'Li lo le le lor és nat'. Ningú no s'adonarà de la diferència.

Nadal és una terrible tirania, però els pessebres són bonics com també ho són els arbres, les paneres i els llums. Somio secretament de decorar un arbre meu, de jugar amb la nina Jesús, de veure un esclop ple de coses davant de la llar de foc. Però odio els jueus que fan «arbres de Chanukah». Al conductor li dic sense convicció:

—Està bé.

En resposta al meu poc entusiasme, es treu de la butxaca la fotografia del seu pessebre apareguda en el diari local amb el títol «Betlem a Belleville».

La cascada artificial, l'arc de sant Martí fet amb un fluorescent, el paisatge de pasta de paper, els personatges de plàstic no expressen altra cosa que una falsa festa. I jo repeteixo amb negligència:

—Està bé.

L'autobús s'encamina lentament al carrer principal. S'atura a cada parada per assegurar-se que cap passatger no s'hi amagui entre la neu. Després, para davant del drugstore i m'invita a prendre una xocolata amb un donut. No tinc pressa perquè no sé on vaig.

—Pots deixar el daixonses. No corre cap perill.

Va ser la primera vegada que un conductor d'autobús es va convertir per a mi en un cavaller obsequiós. El propietari del drugstore està tan content de tenir clients que posa molta cura a barrejar les dues xocolates que tenen el gust, en aquest temps glaçat, del nèctar de l'Olimp. M'encanta el drugstore on les meves tres grans afeccions conviuen en desordre: els llibres, la papereria i la manduca. Hi havia llegit novel·letes roses senceres, de la col·lecció «Modern Romance», dreta, furtiva i panteixant, en aquesta botiga. També hi havia comprat tots els materials de l'escola, i llaminadures, però ara, des que vaig marxar, estic ben lluny de tot això. N'estic tan lluny que és un xoc quan l'Emile La Rosa i en Joe de Angelo entren amb el seu saxo. Ells també semblen astorats de veure'm fora de context, bevent tranquil·lament amb el meu xofer personal. La neu i el temps havien esborrat l'hostilitat d'aquests dos puntals de la *jazz-band*, per a qui sobtadament vaig ser l'objecte de grans alegries.

–Hola, Hoch, què hi fots aquí?

No ho sé exactament, i aleshores somric. El somriure és una excel·lent tècnica d'evasió.

–I vosaltres? –despatxo a través d'un somriure.

–Acabem d'assajar i volem abocar líquid calent dintre les nostres goles seques. No has oblidat que demà toquem?

Efectivament, me n'havia oblidat de tot, i vet aquí que ara em tornaven a l'institut.

El conductor ens diu:

–Digueu-me Ed.

Paga la ronda de xocolates i pregunta als saxofonistes si els pot portar a casa seva.

–No tenim pressa, però amb molt de gust faríem un tomb.

Ens segueixen a l'autobús. Segur que he guanyat punts davant d'ells. Es pensen que és el meu pare. En l'espai d'uns centenars de metres el conductor ja els ha ensenyat les fotos del seu pessebre. Estan realment impressionats. En Joe treu el seu saxo de la capsa i es posa a tocar *Santa Nit*. L'Emile fa el mateix. Jo no desenfundo el meu baix. Em fa massa pena treure'l amb aquest fred, però no em sé estar de cantar amb ells: «Santa Nit, plàcida Nit, els pastors han sentit...» El conductor té l'expressió beata d'algú que viu la coronació de la seva carrera. Formem un pa de llum ambulant en la penombra hivernal.

–Si teniu una mica de temps, us porto a casa meva per ensenyar-vos el pessebre. No és lluny –proposa, inspirat.

L'Emile i en Joe estan encantats. Nadal també és cosa seva. Jo, estic oberta a tot.

Fa una petita desviació de la carretera principal i ens invita a baixar davant de la Verge i la seva família com un guia d'autocar turístic. És admirable. Ni Walt Disney, ni el museu Grévin no ho haurien pogut fer millor. La seva dona surt a rebre'ns i ens demana que anem a tastar un *eggnog* fet per ella. El nostre trio inicia una versió sublim de *I'm dreaming of a white Christmas*. Els veïns surten espontàniament de les cases de la vora. Es forma una estranya visió de pau i d'amistat. No hi ha res tan bonic com aquest Nadal detestat. I jo, miro l'escena de l'exterior i espero encara el meu futur.

–Bé, nois, he d'acabar el meu servei. Tothom a bord.

Deixa els dos músics al carrer principal. Jo continuo la carretera lentament amb ell. M'explica la seva simple vida i m'imagino la meva, complicada, barroca i estrafolària. Al centre de la ciutat, als voltants dels grans magatzems, proposa d'esperar-me mentre compro el que haig de comprar. Però no tinc més ganes d'encalçar el futur, el present m'omple.

–Escolteu, Ed, em sembla que aniré fins al final amb vós i em quedaré a la tornada. No tinc prou temps per fer compres.

–Molt bé, et faré l'anar i tornar pel preu d'anar –riu.

Els diners m'han vingut justos. Baixo de l 'autobús a la cantonada del meu carrer amb el contrabaix. Deixo el meu amic amb grans adéus i «Bon Nadal» a dojo. Les botes se m'enfonsen en la neu, tot deixant un enfilall de forats. La neu s'hi infiltra i em gela els peus. No, no es pot dir que això hagi estat una fuga.

No es pot fer un pastís de formatge blanc amb la neu, per més bonica, nova i deliciosa que sigui.

Els pares encara no han tornat de treballar. A sobre la post de la cuina, trobo la meva carta tan verge com Maria. L'agafo i paro taula. Desfaig la maleta i guardo la carta en un calaix; encara em pot servir.

Quan els pares tornen, no queda ni un sol rastre de la meva fuga. La mare obre la porta i em diu:

–De pressa, vine amb el trineu. Fa molt bo.

Els veïns ja hi són. Baixem, la mare i jo, entremig d'aquests caramels elèctrics que pampalluguegen el seu missatge de bon humor. I el futur no té cap mena d'importància.

Torno a la quotidianitat insuportable. Cada detall és penós, ja que pensava marxar, havia marxat i encara no he tornat del tot. Estic mig absent. Les equacions algebraiques que la maquíssima profe de mates posa a la pissarra estan tan lluny de mi com ho està Plutó. Estem separats per una barreja d'altres nocions com la voluntat, el desig, la capacitat, la disposició, la ciència, la profunditat, l'aptitud. En d'altres paraules, sóc una nul·litat, i quasi estic orgullosa de ser-ho. Penso que les persones que els agraden aquestes coses són fanfarrons dignes que els tanquin. Detesto les matemàtiques perquè fan un senyal negre en la meva vida grisa, perquè són una pasterada dins del meu cervell net i un punt negre en un dia rosa. Quin horror, quedar-me aquí a classe sense entendre res. Res! Si fos xinès, per exemple, seria natural no entendre res. Però tots aquests tarats que ho entenen amb facilitat no són res més que monuments a la glòria de la meva estupidesa. Tinc un munt de teories per fonamentar el meu odi contra els genis matemàtics: són pertorbats sexuals, boigs furiosos, maníacs, obsessos ridículs. Com veure'ls d'una altra manera, si s'instal·len en les xifres i els nombres en comptes de fer-ho en les paraules i el llenguatge?

Em sermonejo: «Tu no ets totxa. Si aquesta pastanaga de la Mary Quinn pot trobar el resultat, tu també ho pots fer.» Però no puc! Està exclòs del meu codi genètic. Un dia, n'estic segura, descobriran el gen matemàtic. I jo no el tinc.

Un vespre, després d'un examen de matemàtiques especialment dur, netejo la taula i començo a rentar els plats. La mare em treu de l'aigüera amb un cop de maluc tot dient:

–Va, va, tresor meu, tens coses millors a fer per aprofitar el teu temps.

–Millors? –esclato de ràbia–. Preferiria rentar plats la resta de la meva vida que fer la collonada dels deures! –I intento tornar a posar-me a l'aigüera.

–Va, va –em xiuxiueja–. Això no és veritat i tu ho saps. Fes els deures i no et facis massa preguntes.

Val més no saber res que no aprendre res.

Faig els deures abans de fer l'última fuga del dia sobre la superfície del meu llit. Hi tinc una passió suprema, pel meu llit. Si hi ha alguna cosa sobre la terra que faig amb talent, és dormir.

Quan faig els deures sobre la taula de la meva habitació, no paro de reüllar el llit. Me'n vaig a treballar al menjador per fugir de la seva atracció. Puc llegir al llit, però només novel·les. La història no funciona en posició horitzontal. Sovint em pregunto si no és una mica tràgic no haver trobat res més perfecte que estar estirada entre el matalàs benèvol i el flonjo edredó, quan al capdavall només tenim un temps limitat per viure. Encara trobo més tràgic d'expatriar-me cada matí cap a aquest exili fred i monòton que és la quotidianitat. Em consolo intentant explicar-me les raons d'aquesta deportació: «No se sap mai. La vida té sorpreses. Sempre pot passar alguna cosa bona.»

De vegades, efectivament, passa així. Gràcies a una nevada que paralitza el trànsit de vehicles i de persones, l'escola està tancada. Això és, literalment, un do del cel. Llavors em quedo darrere de la finestra, en acció de gràcies devota i silenciosa envers el cel que ha escampat aquest mannà que es posa davant de casa en un espectacle encegador.

I aleshores, encara que em caldrà suar tinta traient la neu de la vorera, palada rere palada, disposo de tot el cap per dispersar al vent, per somiar, per deixar-me anar a la meva blanesa natural. Ningú no em demana que reflexioni, que em concentri, que m'esforci. Puc contreure'm en un petit rectangle sobre un gran rectangle, és a dir, puc llegir al llit –absentar-me en aquestes epopeies i aquestes sagues que només són meves durant el temps que les ressegueixo amb els ulls.

És una pròrroga abans de les tensions que han de venir. Els meus pares no tenen cap problema. Les coses segueixen el seu curs, vivim al dia. Però, jo, demano alguna cosa més que navegar per aquest bassal. Vull ser excel·lent, vull fer-me notar. Vull la glòria. Per això estic disposada a fer el sacrifici suprem: llevar-me d'hora.

M'armo de coratge, de pa de pessic i de pastilles de xocolata, com en Popeye abans del combat. Arribo a l'institut, al meu *locker*, armariet metàl·lic alt i estret, tancat amb cadenat. Aquests armaris estan adossats a les parets de l'institut, i n'hi ha un per alumne. Hi posem els llibres, els abrics, la roba de gimnàstica, roba de recanvi, raspallets de les dents i productes farmacèutics diversos. N'hi ha que hi pengen un mirall, fotografies i dibuixos. Els armariets són extremament personalitzats i representen tantes maneres de ser com alumnes hi ha. No m'imagino la vida sense el meu armariet, que em permet sentir-me una mica propietària del meu institut. I com ho faríem sense aquest petit espai privat? Arrossegar els abrics, els llibres i totes les coses a través dels passadissos, escales amunt i avall, cap al menjador? Quin infern! No; arribem, guardem els abrics i triem els llibres per a la primera classe. Si haguessin existit a l'època, també hi hauria hagut forns de microones i minineveres.

El meu armariet, les setmanes que no faig règim, és més aviat tipus «adrogueria». Hi entaforo capses de galetes salades, panses, ametlles i anacards torrats i confits de tota mena. Menjotejo entre classe i classe tot ficant el cap dintre l'armari. Dissimulo aquesta droga sota dibuixos, llibres i llibretes. Dissimulo aquesta necessitat sota el meu somriure, el meu bon humor i els meus èxits. Dissimulo el resultat sota les camises del meu pare que m'arriben arran de cul. Em dissimulo el meu desgavell davant de mi mateixa.

Va ser un 14 de febrer, amb la neu ja prou de baixa per poder obrir un camí cap a l'escola. És una gran festa americana, la festa dels enamorats, Sant Valentí, Valentine's Day, festa laica, festa sagrada. L'amor, els cors, els Cupidos es veuen impresos pertot arreu. Els armariets esdevenen bústies per a cartes plenes de petits cors vermells dels admiradors anònims o declarats que s'hi amunteguen a dins. El nombre de cartes rebudes determina l'índex de popularitat.

El meu cor és un gran forat que cal alimentar, omplir, inflar, si no, emet sospirs de reclam. El meu cor crida «Amor» i jo el faig callar amb caramels.

Faig la combinació per obrir l'armari: 7, i una volta a la dreta; 3, i dues a l'esquerra; 5, i tres a la dreta. I, horror!, l'únic que veig és una violació: tota la meva riquesa comestible ha estat robada. Han liquidat les meves xocolatines, les meves cireres cobertes de xocolata, els meus pastissets. Al seu lloc hi ha unes quantes targetes sinistres: «I love you, I love you, I love you, I do, but don't get excite, I love monkeys too!» i «Roses are red, violets are blue, sugar is sweet and so are you!» o bé «These Valentine wishes to you I send, to thank you for being a real true friend». L'amor, l'amistat, està bé, però com passaria el dia sense les meves provisions? Qui m'ho ha fet, això? Qui coneixia el meu vici? Estic ensorrada, desarmada. És la primera vegada que em roben, i mira si n'és de fàcil. Només cal potinejar el cadenat i penetrar en la meva intimitat. I per què no m'han pres els dibuixos o les redaccions? Estic indignada, furiosa.

Malpenso de tothom. Tothom esdevé el possible culpable. Ja no em sento segura. El meu territori no és inviolable. I tinc gana.

Vaig de classe en classe, com una nina de drap rebutjada per tots. Les targetes s'acumulen: «Moses, Freud and Santa Claus, Would certainly agree, You're the only girl for me». També: «I love you once, I love you twice, I love you more than meatballs and rice». És molt amable, però jo no m'estimo ningú més que les mandonguilles amb arròs. Dintre d'un gran cor envoltat de puntes, aquest missatge em colpeix: «God made the rivers. God made the lakes, God made you, We all make mistakes».

Jo no sóc res més que un gros error de Déu. Qui em pot estimar? Entro a la sala d'assaigs de la *jazz-band*. Estan reunits en un racó. Veig que han preparat les meves partitures i han desenfundat el meu contrabaix sobre el qual han enganxat un cor: «We love you! Happy Valentine's Day». Estan orgullosos de la seva originalitat, del seu «cop». Em sento amarga i emocionada. T'estimem! «Nosaltres», per no dir «jo». Algú em diria «jo», algun dia? Algú hi posaria la «t» de «t'estimo»?

Primer ho he de merèixer, potser. Em cal trobar alguna cosa que faci millor que els altres, un petit, petitíssim terreny d'excel·lència i de perfecció.

Em concentro, doncs, en aquesta recerca i em poso els patins de gel (massa petits) que la meva germana ha deixat al soterrani després d'haver-se trencat la cama. Jo, amb la gràcia d'un rinoceront coix, esdevindria campiona olímpica... de la caiguda sobre gel. El meu cos canvia del groc-beix verdós a taques blau-morat fosc. I la meva mare, que veu en tots els meus pobres intents una manifestació del meu geni, m'aixeca cada vegada tot dient:

—Està bé. Fins i tot quan caus, caus bé. Au, continua!

Una mare és com una vela que es posa sobre els defectes dels seus fills per amagar-los.

La primera vegada que vaig tenir setze anys, no tenia fills, però no dubtava ni un minut que un dia seria mare, ja que estava segura que no hi havia res al món tan perpètuament palpitant que veure créixer i desenvolupar-se un ésser humà... a condició que l'observació sigui diària. No podem «veure de visita» un infant, com si fos un animal domèstic, un gat o un gos. Ens ha de ser totalment familiar, íntim i assumit. Hem de llançar-nos a l'aigua i no quedar-nos a la vora de la mar amb l'aigua just als turmells glaçant-nos el cos. No podem passar per la vida d'un infant el temps de fer xiqui-xiqui i taaat-taaat i després apa-siau. Un infant no sap què vol dir «adéu».

Freqüento tres infants en qualitat de cangur habitual, i sé que, entre una nit i l'altra, m'obliden. I, a més a més, com amb el contrabaix, cal que la pell s'endureixi per tocar, si no fa mal. Els meus infants d'una nit de fuga dels seus pares tenen deu, sis i dos anys i mig. El meu preferit és el nen de dos anys i mig perquè tot el que aconsegueix dir em sembla miraculós. M'encanta desxifrar les seves frases i esbrinar-ne el sentit. El començament del parlar és emocionant. També m'agrada la nena de sis anys. Ha descobert la lectura i s'hi apassiona. El seu índex la porta amb dificultat a través de les pàgines escrites amb lletra grossa i quan finalment ha formulat una frase, fa un somriure d'orella a orella. I detesto la gran de deu anys, que en sap massa de parlar, de llegir i de pensar en veu alta.

Guardar criatures al vespre és una manera fàcil de guanyar diners. Sóc excessivament ambiciosa per rendibilitzar la nit: m'hi porto els deures, sis novel·les, el paper de cartes i el contrabaix. El telèfon ja és allà, a l'igual que la tele i també la nevera plena de gelats i de coses bones en honor meu.

En Josh, el petit, ja dorm, però les dues noies estan despertes, vives i àvides d'activitat nocturna. La Greta m'allarga un àlbum gruixut i la Sary em mira de fit a fit com si jo fos una incògnita ambulant. M'hauria agradat més que el petit garlaire hagués estat despert i les altres dues al llit. Em sento massa incòmoda menjant davant d'elles. Els pares marxen, disfressats de solters, perfumats i despreocupats.

–No tornarem gaire tard. Ja sé que demà tens escola –em diu la mare.

Encara és jove, però sembla com si hagués abandonat la seva joventut en algun lloc incert. Des del moment que s'és mare, ja no es pot continuar essent jove de veritat.

Així que el cotxe dels pares deixa el carrer, pregunto:

–A quina hora us n'aneu a dormir?

–A l'hora que volem!

No s'ha de fer mai aquesta mena de preguntes als nens.

Autoritària, declaro:

–Ara pujarem i us explicaré una història.

La Greta em dóna la mà i el seu llibre. La Sary em fa una ganyota. La Greta em llegeix el seu àlbum. Aviat està: se'l sap de memòria. Li faig un petó, l'acotxo i apago el llum. La Sary em diu amb esquerperia:

–La mare m'ho ha promès! Vull mirar un programa de la tele.

Se'n va cap baix, encén la tele, busca un paquet de patates fregides i s'asseu craquejant, amb els ulls fora d'òrbites, mentre les meves orelles s'inunden.

–No tan fort! –crido.

–La mare la deixa fort.

La Greta baixa balbament l'escala:

–No puc dormir.

–Vine, llegirem un altre llibre.

–Per què la Sary pot mirar la tele?

–Perquè tinc deu anys –respon la Sary, altiva.

–No és just! –I la Greta es posa a plorar.

–Au, va, queda't cinc minuts més.

–Això sí que no! –crida la Sary–. No té permís.

–Vull una pasta –ploriqueja la Greta.

Remeno a dintre l'armari i hi trobo galetes.

–Aquestes no. Les vull de xocolata!

–Aquí les tinc! Les pujarem i te les menjaràs al llit.

–No té permís per menjar a dalt –diu el xèrif.

–Aquesta nit, en té.

–Li ho diré a la mare!

Pujo amb la Greta i les galetes, i aprofito per telefonar a la mare.

–Mare, què es fa quan es posen al món fills fastigosos i insuportables?

–Per a una mare, no hi ha cap fill insuportable.

La conversa s'atura quan en Josh es posa a plorar. Hi corro.

–Què et passa, petitó?

–Vull la mare.

–Ja vindrà. Vine, anirem a mirar la tele.

Això va contra els meus principis, però una ha d'aplicar els seus principis als fills dels altres? L'agafo en braços i baixem.

–No té permís!

–Posa-li una denúncia, doncs!

Arriba la Greta.

–Tinc set!

Li dono llet.

El programa s'acaba. Apago la tele. La Sary remuga:

–La mare m'ha dit que em puc quedar una hora més.

–Ja n'hi ha prou per aquesta nit –li dic–. Tothom cap dalt.

–Jo no!

La Sary em declara la guerra i jo em veig desarmada. Intento fer-la raonar:

–Escolta, Sary, si no te'n vas a dormir, la teva germana i el teu germà tampoc no hi aniran. Sigues bona.

–La mare m'ho ha dit.

–Ja la miraràs demà, quan la mare hi sigui.

–Ara!

Li anava a donar un cop de puny al nas, però recordo a temps el refrany: «Si vols pegar a un infant, fes servir una ploma.» Volia fer-li por, però el meu pare deia: «No amenacis mai una criatura: o castiga'l, o perdona'l.»

–Molt bé, queda't. Jo pujo amb ells.

En Josh es fica al llit sense problemes. La Greta vol que em fiqui al llit amb ella. M'estiro al seu llit i m'adormo abans que ella, quan uns crits estridents ens arriben.

Baixo com una fletxa. La Sary s'ha enganxat el dit amb la porta del rebost. Es veu blau i pot estar trencat. Crida. Li poso compreses de glaçons. Me l'assec a la falda. Sanglota.

Arriba la Greta.

–Què li passa?

–S'ha fet mal.

La Greta també és posa a plorar.

–Escolta, no ets tu la qui s'ha fet mal, sinó la Sary. Doncs per què plores?

–Perquè estic preocupada.

No és gaire d'hora quan tornen els pares! Les dues nenes dormen a sobre meu. Explico el que ha passat. El pare té els meus tres dòlars a la mà. M'acompanya i em dóna les gràcies. Penso que és veritat, que hi ha criatures a qui només la seva mare pot estimar. Era jo d'aquestes? Em llevava al matí i era el sol personal de la meva mare. Entre nosaltres només hi havia mel i xocolata, llevat de quan la simbòlica es convertia en calòrica. Tot el que jo podia dir era sublim; tot el que podia escriure, incomparable; tot el que podia fer, excel·lent. Aquesta admiració era recíproca i mútua.

La mare és per a mi un rar ocell que no em deixa mai en el seu vol admirable. Li agrada trobar en nosaltres el reflex dels seus somnis estrambòtics. Estic contenta que no sigui la mare convencional de les meves companyes, encara que no em tricoti jerseis ni em cusi vestits. Em trena, en canvi, garlandes d'entusiasme i de confiança en mi. Està orgullosa de tenir una contrabaixista, més que una vulgar pianista. Li encanta el maquillatge exagerat de les meves germanes. Se sent orgullosa quan la Sandra se'n va a remenar als encants i porta monstruositats. Xala amb les pallassades de l'Effie. La gent es pensa que és una de nosaltres, una de les germanes, de tan jove i enèrgica que és. Malgrat tot, no és una de nosaltres. És, senzillament, l'eterna espectadora encantada del nostre cinema.

Té prou capacitat i amor per ensenyar el que sigui: el mètode per planxar una faldilla prisada, o una cosa màgica com anar en bicicleta, o bé els mons i les cultures continguts en una llengua. És una exhibicionista exacerbada, que no té cap escrúpol a pujar a l'escenari d'un auditori ple per cantar-hi, parlar-hi o ballar-hi una dansa irlandesa. Si el meu pare a vegades se sent empegueït per aquest huracà que li serveix de dona, per a mi és una font inesgotable de xerinola. No està mai cansada malgrat la seva activitat contínua. La seva paciència es confon amb el seu amor. Sempre està a la nostra disposició, completament per nosaltres abans que res. No interposa cap conflicte entre el món i la maternitat, com si no dubtés ni un instant que Déu l'hagués creada al servei exclusiu de les seves tres tòtiles.

De cada habilitat que posseeix, en fa una explotació desmesurada. Del piano que va tocar de petita, n'omple la casa i el món. Si li resta un minut lliure en la seva ocupació del temps, el piano ressona entre les quatre parets de la casa. Recorre les residències d'avis per tocar benèvolament als vells les cançons de la seva joventut, donant-los la il·lusió fugissera de viure encara.

També rendibilitza tots els seus gests: el dia que fa pastissos, en fa per tot l'exèrcit des de Washington fins a Valley Forge. A continuació, amaga aquest botí en els diversos armaris de la casa, lluny de les rates astutes que intenta domesticar. Les seves úniques enrabiades són quan descobreix els armaris buits i fins les últimes molletes englotides per les seves afamegades amigues. Si escriu una carta, hi posa dos papers de carbó per ferne tres. Si va a la vila, omple el cotxe de passatgers que recull per la carretera.

Ve amb mi una nit a la setmana a un curs de literatura hebraica. Ens asseiem de costat per compartir el llibre. Quan responc a una pregunta del professor Hazan, no hi cap a la pell. Però també aquí la seva energia supera la meva. Sempre vol empassar-se una poesia més, una pàgina suplementària, buscar tossudament al diccionari una paraula que ens falta.

És molt bonica, però no concebo en ella una vida amorosa fora de nosaltres. El pare és tan lleig com ella bonica, si no més. De la seva habitació conjugal emanen brogits i cada un és un petit terratrèmol. Pobre pare! Al matí, s'esmuny furtivament cap a la cambra de bany, amb uns calçotets enormes sobre les seves cames primes, fugint així d'aquest matriarcat engavanyador. Si ens encreuem en el seu èxode precipitat, ens fa un petó benèvol i ens dóna un tendre bon dia —a reveure. Em fa molta pena, tan inadaptat a aquest univers femení i a l'univers simplement.

Em sembla que experimentem per ell el sentiment que tenim envers tots els del seu sexe: la pietat. Tal com fa la mare, cal alimentar els homes, rentar-los, acollir-los —i el màxim favor: estimar-los, protegir-los, consentir-los, tranquil·litzar-los. Cal també dissimular-los les febleses, la incapacitat de raonar justament, les dificultats que tenen per confiar-se i comunicar-se, i també per encarar-se a l'avorriment.

I és que una dona no s'avorreix mai. Quan l'àvia ens venia a visitar, era un belluguet —cosir les vores, netejar la verdura, treure la pols dels mobles i mil coses més. Sempre estava dreta, ocupada, satisfeta de la seva eficàcia i de la seva utilitat. Jo em pensava que aquest ardor minvava amb les generacions, segons el que veia a casa nostra: l'àvia, dreta, la mare, asseguda, i nosaltres, estirades.

L'home no sap què són aquests plaers lents i lleugers, concrets i sensuals. A un home li cal anar per la vida a so de bombo i platerets, mentre que una dona en té prou amb la discreció dels petits detalls.

Pobre pare! El consideràvem com tots els seus semblants: un primer intent, fracassat, de Déu, un esborrany, una maqueta. Eren prou amables, i necessaris, fins i tot imprescindibles, no sabia ben bé el perquè. De tant en tant preguntava a la mare:

—Però per què et vas casar amb el pare?

I ella sempre contestava el mateix:

—Tant se val un home com un altre.

No ho deia amb amargor. Era una simple veritat

que ningú entre el nostre club de les quatre no hauria gosat replicar. Era així. Els homes existien per fer de nosaltres dones casades, abrigant-nos així amb aquesta cobertura social tan necessària per resguardar la nostra follia femenina. La mare portava una vida independent. El pare només apareixia a l'hora de sopar, abans de tornar-se'n a anar lluny, lluny, davant de la tele, o a una reunió, o a jugar a cartes amb el seu grup del dilluns, del dimecres i del dijous.

No sabia fer res. No l'havia vist servir-se ni un got d'aigua.

–Em pots anar a buscar un got d'aigua, menuda?

Només una vegada, la meva vexació em va portar a la revolta:

–Escolta, pare, que no tens mans? Que no ho veus, que tinc feina? No et pots alçar tu mateix?

Visiblement, no podia. El vaig veure tan ferit, que vaig córrer a buscar l'aigua, el cendrer i un tall de pastís. Tenia necessitat d'un intermediari entre ell i el món material. La televisió havia substituït el Talmud.

La mare li procura la supervivència sense rancúnia i amb bon humor. El deixa davant la tele amb un bol de fruita, una gerra d'aigua, galetes, i nosaltres ens n'anem al cinema, a casa els amics, a veure botigues. La conversa no para mai, ni el sentiment d'haver trobat l'amiga ideal. Jo no tinc necessitat d'amigues.

Però la mare, exigint un mínim de normalitat, em recomana:

–T'has de buscar amigues!

–Amigues, mare? Són totes tan beneites, tan pueril, tan buides!

Qui podia comparar-se a les meves bogetes de germanes? Quina amiga podia ser millor que la mare? Qui tenia tanta conversa sense esforç? Amb ella, no calia fer cap esforç per arrencar-li quatre avares paraules. Però als companys d'una festa, o a l'últim guapet de torn, què els podia dir, si no hi havia res a dir? «Quants germans i germanes tens? Quins són els teus hobbies? Quines pel·lícules t'han agradat més? Què en penses de l'escola? Què vols fer més endavant?»

–L'amistat és un carrer de direcció única –dic a la mare.

–Una persona sense amics és com una mà dreta sense l'esquerra.

–Bé, tu ets la meva amiga.

–Una mare no ho pot ser tot. I a més a més, jo no hi seré sempre.

–Mentre hi ets, me'n puc aprofitar.

–Necessites amics per distreure't. Amics de la teva edat.

–No et pots imaginar com en són de beneits, la gent de la meva edat!

–I la Myriam?

–La Myriam, bé, però no em necessita. I els seus pares no la deixen sortir gaire.

–I la Judy?

–És una mentidera!

–Doncs la Jane.

–M'avorreix.

–I la Bàrbara?

–És una esnob!

–Molt bé, bonica, si busques un amic sense defectes, et quedaràs sense amics.

Bruixa

La primera vegada que vaig tenir setze anys, sospitava que l'amistat era una cosa anàrquica i tenia oberta una lleugera ferida infligida per les «amigues», amb la insistent impressió que ho donava tot i no rebia res. La Myriam era capaç d'explicar-me que havia anat a un ball fabulós. Jo estava massa decebuda per preguntar-li per què no me n'havia dit res abans. Invitava la Judy tot un dia, li abocava tot el que tenia al cor, i després no tenia mai més notícies seves. Escrivia una carta d'onze pàgines a l'Andrea i ella em responia amb una postal. Movia muntanyes per fer un favor a algú i l'endemà oblidava dir-me bon dia.

–No esperis res de ningú, llevat del bon moment que pugueu passar plegats. L'amistat no és una inversió que aporti dividends –aquest era el comentari de la mare.

–La meva millor amiga està a dins del mirall.

–Ser un és no ser res.

–Bé... tinc la Roberta.

A la mare no li fa gaire peça la Roberta. La vaig conèixer l'estiu passat. Fent-me passar per major d'edat, havia agafat un treball de músic a l'hotel de l'àvia de la Roberta, als Catskills. La Roberta era una monitora encarregada d'amansir les criatures consentides de la clientela i d'impedir-los molestar les seves mares enfeinades a bronzejar-se al voltant de la piscina.

La Roberta i jo vivíem juntes en una pallissa convertida en habitació, al límit del terreny de l'hotel. L'adoro. Ella és tan minúscula com jo gegantina. És apassionant i dura, dues conseqüències de la seva vida en els barris baixos de l'est de Manhattan. És la persona més exòtica que mai he conegut: a divuit anys ja s'havia divorciat.

Té una sexualitat aguda i experimentada, en permanent alerta. Intenta ensenyar-me com conquistar els monitors a la piscina.

—En tries un i el mires fixament. Fes-li sentir la teva mirada penetrant-li els muscles. Fes-li pensar que cremes de desig. No tinguis por de concentrar-te en el seu paquet. Topa contra ell a dintre l'aigua. Deixa que la teva cuixa fregui contra la seva quan estiguis estirada a la gandula.

—Para. Jo no podria fer-ho mai, això.

I no ho faig. Però, ella, sí. M'avisa:

—Escolta, criatura. Si sents sorolls al meu llit durant la nit, et dius que estàs somiant.

Jo em deia que somiava cada matí quan algun empleat, monitor de natació, músic o cuiner, fugia encara cordant-se. Em sentia incòmoda perquè pensava que era jo la qui vivia en el pecat. Al mateix temps, sentia una mena d'excitació delegada, com si fos jo qui participés en aquella vida mitològica.

—No està bé —diu la mare quan li explico les aventures amoroses de la Roberta. I, encara, no li he parlat mai dels seus avortaments, ni de les seves lliçons de sexe i seducció. Vull invitar la Roberta a casa meva.

—Per què no està bé? Què és el que no està bé? A

qui fa mal? La Roberta diu que, al contrari, això és bo.

–Millor per a ella! Quan el pecat és suau, el penediment no és tan amarg.

Un pecat comès a l'aire lliure! Els petons i els flirteigs a dins dels cotxes estacionats són tan revoltants que no em puc estar de preguntar a la Roberta:

–Què hi trobes?

Em dóna un copet al cul i em diu:

–Ja ho veuràs quan ho facis tu.

Ella és el meu guru. Vaig a casa seva, d'amagatotis, a aprendre algunes lliçons més. Treballa de secretària en una fàbrica de *prêt-à-porter* a Broadway. Em veig forçada a enganyar-la sobre la meva edat. Es pensa que vaig a la universitat. Se sent cofoia d'estar associada a la *intelligentsia*.

Així, la nostra amistat és una ficció. Quan es casa per segon cop, la torno a veure dues o tres vegades, però el caràcter escandalós s'esfuma. Esdevé corrent i normal, i perdem el contacte.

En canvi, les amigues de la mare són fetes a la seva imatge, insòlites per no dir tocades de l'ala. Unes cases més enllà de la nostra viu la Charlotte, que cria dobermanns Pinxers i orquídies salvatges i pinta retrats hiperrealistes per guanyar-se la vida. Té un marit guardat en algun lloc de la casa, però, en setze anys de la meva vida, no l'he vist mai. Visitar la Charlotte és una autèntica expedició. Per començar, cal patollar per la jungla de les seves passions: llibres, diaris i revistes pertot arreu, tubs de pintura, gossos que destrossen mobles i catifes, plantes asfixiants i tota mena de coses en un desordre absolut. Com una mena d'abocador. No cal ni pensar a prendre un te, perquè mai no hi ha tasses disponibles. La Charlotte amb els seus vestits de rodamón és apassionant, perquè l'apassionen els temes més variats. Una surt de casa seva il·luminada de superfluïtat i d'inutilitat.

També m'agrada anar a casa de la Kitty; el seu marit és repartidor de gelats i el seu congelador gegant és un cofre reial amb mil i un perfums. A casa seva, al contrari de casa la Charlotte, tot llueix de netedat i d'ordre, i omple uns bols enormes de gelat cada vegada que estan mig buits. És una mestressa de casa amb un fill únic que no l'ocupa ni materialment ni espiritualment. Per això es dedica a portar la comptabilitat diària de tots els objectes de la casa. Compta tres bols, tres culleres, i a continuació ho verifica silenciosament i en veu alta. Fa l'inventari de tot el que s'apila dins els armaris. De vegades, quan em fita amb la seva mirada concentrada, em pregunto si no està comptant els meus ulls, les meves orelles o les meves cuetes. Tot això seria patètic si la Kitty no fos tan alegre i decidida. El seu marit no troba res d'anormal en el seu comportament. El gelat de mantega de pacana pot enganyar.

Si jo m'acontento amb la intimitat de la mare i de les seves amigues, ella, per la seva banda, no exigeix l'exclusivitat i no perd cap ocasió de catapultar-me al món. Si li agraden les nostres marrades, vol tanmateix assegurar-se que les grans línies siguin rectes, i, sobretot, que toqui el dos els dissabtes al vespre. Malgrat les giragonses acrobàtiques d'una joventut guillada, la mare vetlla perquè trobem marits.

La Myriam i jo, tan reticents l'una com l'altra, empeses i conduïdes per les nostres mares (l'una a l'anada i l'altra a la tornada), ens veiem condemnades al ball dels joves del Fons social jueu unificat. No hi ha res que m'esglaï més que fer d'estaquirot. Hauria ballat amb la Myriam abans de quedar-me a la vora de la pista de ball fent companyia a les excloses. La Myriam, tan arreglada, tan perfecta, tan maca, sense artificis ni malícia, és la primera a sortir. Intento somriure en la meva agonia. Intento passar desapercebuda.

Però no passo desapercebuda i en Michael em ve a alliberar. Li n'estic agraïda, llevat de quan he de fer esforços, tot ballant, per respondre a les seves preguntes aguantant-me sobre les puntes dels peus i torçant el cap enrere com un pagès que intenta veure el cim dels gratacels en la seva primera visita a Manhattan. En Michael és un gratacel ambulant, o més aviat únicament la carcassa. Deu fer dos metres d'alçada i deu centímetres d'amplada. És un espectre lúgubre. Fa la impressió de ser només un penjador per al seu vestit buit. A la seva cara petita i prima, unes enormes ulleres li fan d'ossada. Estic segura que el podria aixecar com una ploma. I jo que somiava un home capaç d'aixecar-me a mi! Però balla bé, parla amb aplom i mira les meves rodoneses amb avidesa.

El seu encant fa oblidar, o quasi, el seu físic. No és el tipus de noi en què una pensa per portar-lo com a trofeu al gran ball de primavera a l'institut, però és un company càlid i familiar. I, a més a més, ja va a la universitat, és un home «madur» que es desmarca de l'univers de l'institut. M'invita a deixar la multitud sorollosa per «parlar» tranquil·lament dins el seu cotxe. Començo a tenir torticoli a força de mirar-lo als ulls i em sento alleugerida quan sec a l'espaiós automòbil. En comptes d'anar a buscar els abrics al guarda-roba, m'envolta amb el seu braç de filferro per protegir-me del fred mordaç.

I, en comptes de tirar l'ham, m'entreté xerrant d'ell, de mi, dels balls, de la vida.

–Què vols fer després de l'institut? –em pregunta.

–Faré una demanda d'inscripció a diverses universitats i esperaré que una d'elles em doni una beca.

–Per estudiar què?

Ell s'especialitza en gestió d'empreses, ofici del qual jo callo la meva desconfiança.

–No ho sé. Ciències humanes: història, literatura, pintura.

–Per preparar-te a canviar bolquers i rentar plats?

–Per poder canviar bolquers i rentar plats amb coses boniques a dintre del cap.

Ho aprova amb un petó sec i sincer d'amistat naixent.

Abans d'acomiadar-nos, aquest príncep del Fons social s'apunta el meu número de telèfon en una agenda de les que vesteixen.

La seva coneixença em permet de respondre que sí sense mentir a la pregunta de la meva mare:

–T'has divertit?

Em telefona sovint i anem al restaurant, a un concert, al cinema i al teatre. Té una feina de mitja jornada que li dóna mitjans per permetre'm de fer sumptuoses ressenyes a les meves amigues. Anem a les *square dances* que ens projecten al temps dels pioners del Far West, i als *hay rides*. Vetllades dalt d'un camió obert ple de fenc i a bord del qual es pot parlar, cantar o fer altres coses. Balls sobre patins de gel on m'enganxo a ell per no caure. Si bé no experimento enormes satisfaccions amb el seu repertori d'ossos i costelles, sí que m'agrada la seva companyia setmanal. Em fa assaborir un plaer novell de propietària, quan em pregunten:

–Com estàs? I en Michael?

S'ha convertit en el meu «habitual».

No mobilitza els meus pensament en la seva absència. Sense histèria, sense soroll, començo i acabo els meus dies i les meves nits –una mica de contrabaix, una mica de deures, uns quants somnis, unes quantes decepcions i unes quantes sorpreses.

Nua

La primera vegada que vaig tenir setze anys, estava convençuda que com més coses fèiem més érem. La meva divisa era propera a la de Descartes: «Faig, doncs existeixo.» Jo practicava la meva filosofia sobretot a l'institut, on era omnipresent acumulant activitats extraescolars per a un currículum de llegenda. Era membre d'una dotzena de clubs, grups, associacions i societats. A l'institut, cada professor tenia l'obligació d'animar un club qualsevol i en reclutava els membres a les seves classes. Feien una espècie de petit xantatge per augmentar els efectius. El veritable objectiu d'aquests clubs era d'omplir l'àlbum, publicat anualment, de fotografies de grups somrients i inactius, i obligar així tothom a comprar-lo amb l'excusa que hi havia la seva fotografia a dintre.

El professor que s'encarrega de l'activitat «diari» es pensa que el *seu* periòdic setmanal de l'institut és el *New York Times* o *Le Monde*. És ensopit i seriós i no para de cridar:

—Talleu!

Està obsessionat per l'excés de paraules i per les frases massa llargues. Li portem articles lírics que ell amputa amb sadisme tot exclamant:

—S'ha de ser simple. Cal dir-ho tot amb un mínim

de paraules. Directe a l'essencial! Sense floritures ni guarniments: una línia recta. Punts. Res de comes.

Diu això amb els punys closos, a punt per engegar-ne un al ventre d'un poeta.

Jo que penso que com més n'hi ha, millor és, i que les paraules són la riquesa de l'home, a mi que m'agrada tant brodar una frase barroca, quan entro al diari agafo mania a aquest mestre del telegrama. L'anomeno Minimot. Els seus crits són l'obsessió dels meus malsons: «Sense adjectius!» Hi ha una vida sense adjectius? El seu diari és una veritable institució i s'hi entra com si s'entrés en una secta.

Malgrat la nostra antipatia mútua, aviat em veig propulsada per la petita màfia jueva al lloc de redactora en cap. En Minimot em diu solemnement:

–Només tenim quatre pàgines, cal encabir-ho tot.

Com si hi haguessin terratrèmols, eleccions presidencials i escàndols per encabir-hi: «El club de futurs ensenyants visita l'Escola normal», «L'equip de futbol s'entrena per al torneig regional», «Un antic alumne parla del seu any a Harvard». No hi ha notícies i hem de treure articles de la quietud, la passivitat i l'ensopiment. Fem sondeigs sobre les bestieses més diverses, editorials sobre temes no polítics i intervius dels nostres professors colossals.

El periodisme ens permet de no saber res sobre moltes coses. També cal dirigir, distribuir els articles als gran repòrters, supervisar el treball, rellegir, corregir, donar-ho tot a la impremta, fer la distribució i després encaixar les crítiques, que per sort no són gaires. El benefici és que ens podem saltar algunes classes quan hi ha el gros de la feina.

La recompensa és de veure el meu nom a cada número amb la menció: «redactora en cap». *Spotlight* és llegit per alumnes i professors, fins i tot a les cases i les famílies de la vila. És un autèntic diari imprès professionalment. La satisfacció de veure el meu nom així imprès esdevé aviat una necessitat.

L'institut és un univers on les activitats extraescolars ocupen més lloc que les escolars. Sovint, a més, és difícil distingir el que és escolar del que no ho és. La conducció d'un cotxe, per exemple, és una classe de debò amb profes de debò. Assistim a classes col·lectives de codi de circulació i, en grups de quatre, conduïm cotxes de debò, propietat de l'institut. A disset anys et pots treure el permís de conduir, a l'estat de New Jersey.

Però profes de debò, cotxes de debò i un diari de debò no sumen sempre el total de la vida de debò en el meu balanç personal. La meva família tampoc. Només és una il·lusió. Potser Michael, pensava. Michael és un noi de debò que es planta regularment a la meva porta, em treu honorablement, em torna a les hores convingudes i em grapeja respectuosament dintre el seu cotxe espaiós.

És un noi ben agradable. Conversa ritualment amb els meus pares abans d'enfilar la carretera per al recorregut habitual. Aquesta nit, més nerviós que de costum, m'avisa que em demanarà un gran favor.

–No pateixis, Mike, hi estic d'acord per endavant.

Li tinc molta confiança.

–Ets una amiga de veritat.

Em puc imaginar ben tranquil·lament casada amb en Michael i vivint en una d'aquestes grans cases de fusta, on l'escala arrenca de l'entrada cap al pis on hi ha les habitacions i els tres fillets dormint tranquils. Per a això han de passar molts anys. Ell n'evoca la possibilitat. Jo l'engego a passeig, com si ell no fes altra cosa que jugar a pares i mares.

–Sóc massa jove, Mike. Tinc moltes coses a fer abans d'entrar a la confraria.

La mare tanmateix té por que si una no es casa jove, s'arrisca a no casar-se mai. Però tampoc a setze anys.

En Michael no diu res del seu projecte per a aquesta nit. Reconec els voltants del seu campus, i també el carrer i les cases de germanor o clubs dels quals s'esdevé membre després de passar una innocentada.

Aparca el cotxe davant d'una casa amb un rètol en lletres gregues. En Michael m'adreça greument la paraula:

–Et demanaré un gran favor. És l'última prova de la innocentada.

L'angoixa fa la seva aparició. No aprovo la idea d'aquestes màquines de fabricar esnobs, però reconec l'estrany prestigi que confereixen als seus productes.

A la porta, un noi boniquet distribueix a les parelles que entren una bossa de plàstic i dirigeix cada candidat a un indret precís.

–Primera a la dreta, a dalt de l'escala –diu a en Michael. A mi em clava una mirada radioscòpica que va del cap fins als peus sense passar pels ulls–. Posa-ho tot dintre la bossa, a fora. Deixa la porta entreoberta. Teniu una hora.

En Mike no gosa agafar-me de la mà. Simplement el segueixo cap dalt de l'escala, confiada i càndida. Quan mai no t'ha passat res de mal, no t'imagines res de mal. Més o menys penso que em vaig a divertir com de costum. Recordo altres innocentades. Et tapen els ulls i et fan tocar matèries viscoses i enganxifoses i t'obliguen a tirar ous i tomàquets podrits sobre els vianants inofensius. No té importància, no és res més que un joc. Els jocs no m'agraden, però puc comportar-me com una bona jugadora.

Entrem a l'habitació d'un desconegut absent, requisada per a aquella nit. Dos llits, dues taules d'escriptori, dos prestatges, dos armaris. En Mike s'asseu a un dels llits; jo prenc la precaució d'asseure'm lluny, lluny, a l'altre. El llum del capçal és encès. En Mike l'apaga. La claror que ve del carrer i del passadís és suficient per veure'ns les siluetes respectives. Fins i tot puc veure la insistència de la mirada de Mike, que mai no havia estat tan callat.

—Què hem de fer? —li pregunto.

—Em sap greu —em diu per tota resposta.

Es treu de la butxaca una llibreta i un centímetre i ve a asseure's al meu llit. M'agafa per les espatlles:

—Un dia riurem força d'aquesta història.

—De quina història?

—Bé, és l'última prova de la innocentada. Si la passo, estic acceptat. És la meva última oportunitat, l'única —em diu, desesperat.

Com detesto aquest panxacontentisme, aquest tarannà de «gent guapa», aquesta selecció idiota. Em decep que en Mike sigui candidat.

—Per què vols participar en aquestes bestieses? No en tens cap necessitat.

—Mira, el pare n'era i té moltes ganes que jo també en sigui, com també els meus fills i els fills dels meus fills.

Bravo! Predestinar els descendents a aquesta animalada inimaginable. Per què tantes ganes de perpetuar aquestes inocentades? Però, vaja, si tantes ganes tenen de fer creure a la gent que són intel·ligents, serà qüestió de fer veure que estic d'acord amb ells.

—Bé, si això et fa feliç... —A la vida, de vegades, hem de fer el paper de met—. I bé, què hem de fer?

—Mira... —comença com si anés a explicar-me les regles del joc de l'oca—, ens hem de treure la roba, excepte la meva corbata. L'hem de posar a dins d'aquesta bossa de plàstic i deixar-la davant de la porta. Jo, he d'apuntar les teves mides en aquest paper i enganxar-lo amb una agulla a la corbata.

Oh! Eva, mare de totes nosaltres! Si m'assemblés a tu, no tindria vergonya. ¿I podria, com tu abans de la teva falta, mantenir un vel d'incorruptibilitat? No era tant la nuesa com les xifres aclaparadores: pit, mínim; cintura, inexistent; malucs, monumentals. La meva àvia m'havia explicat que, quan ella era jove, una noia no sortia mai sola: «Era pecat!» Ballar: «És pecat!» Mirar un noi: «És pecat!» I despullar-se del tot, calces incloses, què és?

És l'estat d'innocència, de simplicitat i de claredat abans de la caiguda. És mostrar-se sense vel. És ser bon jugador. És política. No estic enamorada d'en Mike, però aquestes sortides setmanals enriqueixen una miqueta els meus dies i vull conservar aquest bon company. Com que no sé si he d'estar indignada, no ho estic. M'imagino la Katherine Hepburn etzibant una frase aguda i contundent i donant cop de porta. La meva passivitat i la meva manca de coratge em sorprenen. No tinc cap més idea que la d'obeir. Aquest noi simpàtic, altament civilitzat i ben educat, m'invita a despullar-me en nom d'una broma de mal gust, i jo, intel·lectual, responsable, respectable, virtuosa, començo per les mitges.

No dic res. Em trec dòcilment les sabates de taló alt, talla 42. Desfaig els portalligues i cargolo les mitges de matèria sintètica infecta, operació que destesto fer. També la faldilla, amb dificultats. Les meves vestidores –la mare i l'Effie– s'han esmerçat a duo a cordar-me-la, mentre jo retenia la respiració. Ara estic sola barallant-me amb els botons i la cremallera.

En Mike, per la seva banda, ja ha acabat. Em prohibeixo de mirar el sac d'ossos que és. Jo no tinc facultats per a l'*strip-tease,* però ell podria llogar-se en un espectacle de terror. Està atrafegat plegant la roba amb cura i guardar-la a dins de la bosa de plàstic. Jo em retorço fent saltets per alliberar-me de la faixa. Dels sostenidors llargs que em sostenen també la cintura, la columna vertebral i l'honor, em cal fer acrobàcies per desfer-ne els gafets situats a l'altre costat de la meva persona, un costat que acostumo a tenir poc present perquè els meus ulls no hi arriben. Hauria pogut sol·licitar l'ajuda d'en Michael, llarg infantó a penes sortit del ventre de la seva mare, però tots dos ens sentim estranyament acovardits, ell perquè es creu obligat a fer i a fer-me fer, i jo perquè no m'hi crec de cap manera obligada i tot i així ho faig. M'he convençut que jugava al vestit nou de l'emperador.

Posem entre nosaltres petits obstacles per sentir, en saltar-los, satisfaccions poc proporcionals a l'alçada de l'obstacle. En desfer tota sola l'últim gafet dels meus sostenidors, havia tallat el nus gordià, i, com Alexandre, la meva victòria seria irrisòria.

I així em quedo, amb unes calces blanques de cotó de pur estil iaia i la camisa descordada cobrint-me encara la part esquerra del pit esquerre i la meitat dreta del pit dret. Els senyals d'aquells instruments de tortura que eren les faixes formen dibuixos abstractes sobre el meu sobrepuig de carn. Plego la faldilla, les mitges i la resta de tapamisèries, allargant així per a més tard el meu esplomament total. Em sento incòmoda per la meva nuesa, però sé que sóc més bonica nua que vestida.

Em trec la camisa com qui salta des del trampolí gran a una piscina sense aigua. La meva última protecció, les calces, llisquen avall per les meves llargues cames, i au, ja estic a punt, com una hora abans, quan tots aquells guarniments havien ocupat el seu lloc sobre les meves espatlles i les meves cuixes i el meu cul. Tota la superfície del meu vague terreny és exposada a les condicions climàtiques d'aquesta habitació que, en contradicció amb el meus tremolins, està superescalfada. Bombada i corbada, sóc un camp de densa escuma. El meu pit dret un sol i l'esquerre una lluna, acolliment i refugi, dues engrunes de felicitat ofertes a la humanitat.

No tinc ganes de fer-los topar amb el mànec d'escombra que és el cos de Mike. I ell no demana pas tant. Posa la bossa davant de la porta com una safata amb l'esmorzar al llit amb les llesquetes i la melmelada. Torna a asseure's davant meu, i tots dos ens esforcem a no mirar cap endavant. Dc tota manera, a la nit, tots els gats són negres. En la foscor dels nostres cossos a l'aguait, sóc conscient que voldria ser acariciada, palpada, recorreguda per mans estranyes i també sóc conscient que el desig, com l'alegria, ve del meu interior, indiferent a l'espantall que tinc davant.

Em tapo els pits amb les mans i amago la meva natura entre les cuixes. Al mateix temps, la paraula es bloqueja entre l'un i l'altre. Estem parats sobre els dos llits oposats, en silenci, com dos motors espatllats. En Mike pren nota de les meves mides sense la mínima sensualitat.

No m'he tret el rellotge, però no m'hi veig prou per mirar quants interminables minuts han passat. Esperem la trepa de les llanternes. Entren per controlar mil·límetre per mil·límetre la nostra nuesa integral. En Mike està dret al moment que la seva fletxa d'amor s'aixeca com un sol home davant el llum dels projectors. És l'única part del seu cos primatxó que fa patxoca. El seu penis, en l'aridesa del seu desert corporal, és l'únic fruit madur.

–Molt bé, Mike –diuen, satisfets–. Teniu, una bossa de roba. Us vestiu i baixeu a la sala de ball.

En Mike aboca el contingut de la bossa a sobre el llit. Jo busco en va les meves estimades calces. En Mike, la seva camisa. I déu n'hi do, la brometa: ens han donat la roba d'una altra desgraciada parella, encara que no tan desgraciats com nosaltres, ja que si un cos petit pot entrar en els vestits d'un de gran, el contrari és impossible. L'eslip sexy de punta elàstica tot just em tapa una natja. La cremallera del vestit de punt vermell fa una gran V a la meva esquena. Els sostenidors no tanquen. En una de les sabates només m'hi caben tres dits del peu. Els vestits dels altres no ens tornen a la normalitat.

–Ens ho hem de posar tot, és el reglament –m'informa en Mike, que s'ha adonat del meu desconcert.

Em poso les mitges a les espatlles, els sostenidors per sobre del vestit, les sabates al voltant de la cintura, lligades amb el cinyell vermell. Els imbècils només veuen el vestit d'una persona; els savis en veuen l'esperit. M'esborifo els cabells, abans curosament pentinats, i em faig a la boca una gran taca vermella que desborda els llavis. Tinc una idea.

En Mike també està en un estat deplorable. Els pantalons li arriben a mitja cama i no li cauen perquè se'ls aguanta amb les mans. El coll de la camisa li fa tres vegades la volta al coll. Les mànigues no li passen dels colzes. Ens han donat la roba d'un parell de nans.

Així sortim a afrontar el món, talment dos evadits d'un manicomi. Ordeno a en Mike:

–Fes com jo!

Tentinejo fins al pòdium de la sala de ball on anuncien el començament oficial dels diversos concursos. En Mike es vol amagar en un racó. Per la meva banda, la meva regla d'or és: «No fer mai d'estaquirot.» L'arrossego, tots dos descalços, cap al concurs de *boogie-woogie*. Balla molt bé. És increïble com pot arribar a coordinar els seus membres tan llargs. Oblidem el nostre ridícul. Val més estar incòmodes que avergonyits. Les altres parelles renuncien i formen un cercle al voltant nostre, picant de mans al ritme de la música. El «meu» vestit puja. L'estiro cap avall tot intentant frenar el frenesí dels meus dos globus. Massa ocupada, estic quasi sense forces quan els jutges ens declaren guanyadors del concurs de *boogie-woogie*.

Ens fan pujar al pòdium per rebre una copa impressionant, gravada amb les paraules *Boogie Woogie*.

El concurs següent premia la parella més ben vestida. He vist la parella que neden en la nostra roba. Hi ha alguna cosa de majestuós en els vestits massa grans; mentre que, quan són massa petits, són lamentables. Desfilem davant el jurat. Tinc la idea de fer una reverència. Mike també en fa una i marxem, altius i dignes, pobres però orgullosos. Som proclamats «la parella més ben vestida de l'any». Noves copes i cerimònies consagren aquest premi.

A continuació, ens demanen que busquem la persona que porta el nostre vestit d'origen i que fem l'intercanvi. Després, en Mike i jo deixem el lloc, cada un amb les seves copes sota el braç. Ell me les ofereix totes. Només guardo la copa de *boogie-woogie*, perquè no hauria pogut explicar mai les altres.

Aquell vespre, en Mike no fa les seves habituals incursions sota la meva camisa. I, quan em diu «a reveure», sé que és mentida. Els vestits amaguen els defectes. La nostra nuesa ens ha revelat mútuament la nostra tebior. Jo també menteixo quan li dic «a reveure».

Però encara no s'ha acabat que em demanin que em despulli.

Les targetes, la propaganda de boca en boca i els petits anuncis generen telefonades i contractes. La *Jersey Jazzy All Girls Four* té el calendari ple. Tenim un uniforme tan improvisat com el nostre repertori. Un vespre, després de la roda telefònica, ens decidim pel vermell; d'altres vespres, pel negre. De vegades (quan anem per sinagogues, esglésies o escoles) la consigna és: «seny»; altres vegades és: «sexy».

No sé pas per quin error psicològic ens posem camises de noies grans i faldilles prisades de col·legiala la nit que anem a tocar en un comiat de solter. Es tracta de l'última festa, donada pels amics, per enterrar la vida d'un solter abans de casar-se. Ens han triat més pels nostres atributs femenins que per les nostres qualitats musicals. A més a més, de seguida ens adonem que s'interessen més per la nostra companyia que per la nostra animació musical. ¿Potser es pensaven que la *Jersey*

Jazzy All Girls Four era un grup de noies que es llogaven a les festes per prestar tota classe de serveis?

Ja sé que, certa mena de gent, pel fet que et paguen, ja es pensen que ets propietat seva. «Sense cap pausa», ens dicten un o dos patrons que no ens ofereixen ni un suc de taronja. Jo no sóc una dona de negocis i no fixo l'horari per endavant. Quants n'hi ha que intenten esgarrapar-nos mitja hora!

No és el cas dels d'avui: com menys toquem més contents semblen estar.

El qui ens ha llogat, en Jeff, sembla aclaparat observant com ens instal·lem.

–Voleu alguna cosa en particular, alguna melodia que us agradi especialment? –pregunto per atenuar la seva estupefacció.

Els invitats arriben al sumptuós casalici. Són diplomats d'universitats dels voltants, bastant «gent guapa» i una mica contrariats pel que preveuen que pot donar de si la festa. El programa és de beure tot el whisky que calgui per emborratxar-se com una sopa, amb nosaltres i la nostra música a segon terme. Ens posem a tocar amb fogositat a la gran sala plena de fum i fosca on el grau d'alcoholèmia encara baix no els empeny a grans audàcies.

Però en Jeff ens mira amb animositat. A penes sentim les converses. Només ens arriben els xiuxiueigs. Toquem soles i pràcticament ignorades quan en Jeff ve, impacient i furiós, i ens pregunta:

–Quan us despullareu?

Ens aturem en sec.

–Despullar-nos? –Ho repeteixo per assegurar-me que tinc les orelles ben afinades.

—Sí. M'havien dit que tocàveu nues, i naturalment és aquest el motiu pel qual us he llogat.

—Qui t'ho ha dit?

—Un saxofonista de l'institut.

—Bé... t'han ben enredat! Nosaltres som músiques.

—Potser ho podríem arreglar? Seria un ardit formidable que us donaria molt d'èxit. Us faria una publicitat estrepitosa. *The Jersey Jazzy Naker Four*.

—Seria publicitat enganyosa! —declara la Barbara, decidida a mantenir la nostra virtut i la nostra integritat.

—Potser ho podríem arreglar —repeteix en Jeff, atribolat per l'error que de sobte comprèn que ha comès—. He promès als meus companys un espectacle... complet.

—T'has equivocat —interromp la Judy—. Ens has pres pel que no som, i això que dius és impossible. L'únic abillament que em trec són les sabates de taló alt. T'autoritzo, doncs, a mirar el meu peu nu i a fantasiejar la resta.

En Jeff em suplica amb els ulls. Jo estic tan enrabiada com les meves col·legues. Igualment decidida, sí, però no ofesa.

—Et puc dir una cosa en privat? —em pregunta en Jeff tot acompanyant-me a la cuina. Sobre la taula i la post és ple de safates atapeïdes de delícies en forma de talls de xarcuteria, carn fumada, cogombrins, amanida.

No em puc estar d'exclamar:

—Fa bona cara, tot això!

—Aviat ens ho menjarem —em promet com a una criatura a qui diuen: «Si et portes bé...», només que en el nostre cas és: «Si no et portes bé...» Reflexiono aviat, ajudant-hi les olors de la cuina. Estic disposada a cometre un assassinat per un bocinet de mortadel·la entre dues llesques de pa de sègol; però, estic disposada a despullar-me? Despullar-se, què té de dolent? Ja ho he fet per amistat, per què no per diners? Vull o no vull fer-ne una especialitat?

Dic:

–Escolta, em sap molt de greu que hàgiu estat mal informats, però nosaltres no estem, en cap cas, disposades a tocar nues. Reconec que és una idea interessant, una idea que potser caldrà estudiar; però, ara per ara, només som estudiants que intentem guanyar una mica de diners els dissabtes a la nit tocant respectablement.

Sóc molt diplomàtica.

Ell també. Malgrat la seva visible angoixa, repeteix:

–Potser hi ha manera d'arreglar-ho. Et proposo un augment del catxet.

És ben ruc, i ja comença a posar-me nerviosa amb la seva oferta, com si es poguessin comprar els nostres principis. Després penso que cada u té el seu preu: una safata de mortadel·la, per exemple.

–Jeff, em sap greu aquest malentès, però no hi puc fer res. Em vaig comprometre a proporcionar-vos tres hores de música amb quatre instrumentistes vestides i tinc la intenció de fer honor al meu compromís.

–Hi ha una manera d'arreglar-ho... Escolta –diu, animat per una idea sobtada–, si només us traguéssiu les calces... i els sostenidors, ho diria als companys i la seva imaginació faria la resta.

–Pots dir el que vulguis als teus invitats, però mentiràs, perquè no ens traurem ni les mitges, ni les calces, ni els sostenidors, ni un clip dels cabells. Estem disposades a tocar tan bé com sabem, però completament tapades. De despullats, n'hi ha prou que ho estiguin els nostres instruments... i els nostres cors.

—Bé, bé, doncs... espera un moment —diu, meditabund—. L'única cosa que us demano és que pugeu a la cambra de bany totes quatre per fer un descans i que al cap d'una mitja hora continueu.

El que ha dit als altres, no ho sé. A la nostra tornada, estan tots tan borratxos que no saben si anem vestides o no. Les seves expressions lascives es fixen damunt nostre, però, això, a nosaltres, no ens importa.

Toquem com uns àngels, volem ser àngels, som àngels.

I com que ens hem portat bé, ens recompensen amb una orgia de mortadel·la, cogombrins i tota la pesca. En Jeff paga el catxet i tothom està content, com en un veritable conte de fades.

Santa

La primera vegada que vaig tenir setze anys, m'imaginava Déu com una estàtua immòbil de Miquel Àngel o com un bon pare Noel sense sarró. Em pensava que s'amagava dins un núvol amb el meu avi Max i que m'empaitava com una cambra oculta. Estava inesperadament madura per tornar a practicar una fuga. Aquesta vegada, m'havia d'allunyar encara menys: vaig entrar a la meva habitació i vaig intentar refugiar-me en la religió.

A casa nostra, Déu era una paraula usual i molt emprada. Vivia pels racons i raconets com un ratolí o una grossa rata. La seva presència era com la dels tèrmits que minaven els nostres porticons. Anava i venia com un gnom, com un eixerit follet de graner o com un geni de celler. Regnava a la nostra conversa, esclau de les nostres esperances. Voletejava entorn de nosaltres en un núvol de promeses i amenaces. Déu era la nostra libèl·lula domèstica que espurnejava guspires del Més Enllà. Ens l'estimàvem. Casa nostra era casa d'ell. Però no ens feia gaire por, no era un Déu ferotge. Ens era molt familiar. L'invocàvem, el celebràvem, l'obeíem més o menys, i només hi crèiem al setanta-cinc per cent.

El dissabte, per exemple, és el sàbat, el dia sagrat de la setmana, que ha de ser consagrat a la pregària, a l'estudi de la Torà i a l'elevació de l'esperit. Tota mena de treball hi és prohibit i, a més, hi ha una llista de trenta-nou prohibicions en diversos terrenys de l'activitat humana. A part d'això, tenim dret a respirar. Al matí és recomanable d'escapar-se de les prohibicions anant a la sinagoga. Jo ho detesto. És el palau de l'avorriment: homes i dones drets i asseguts, que van i vénen, que remuguen pregàries incomprensibles, que beneeixen aquest Déu, sant d'Israel, etern, gran, poderós, majestuós, amo de tot el que existeix, font de gràcia, que regna des de dalt dels cels. Tinc la impressió que hi faig el llepa. I, després de tot el que ens ha fet, les lloances no són tan merescudes com això. L'únic interès d'anar a la sinagoga és de poder comentar els vestits i intercanviar xafarderies.

M'aixeco per a les divuit benediccions:

«Senyor eternament fort, la teva suprema potestat ressuscita els qui jeuen a la tomba; la teva gràcia alimenta els vius, la teva misericòrdia reanima els morts. Sostens els qui vacil·len, guareixes els malalts, alliberes els captius, i les teves promeses s'acompliran fidelment en els qui dormen el son etern. Qui és, com tu, amo de tots els poders? Qui se't pot comparar, àrbitre de la mort i de la vida, dispensador de salut? Sí, la teva promesa s'acomplirà: faràs reviure els qui ja no hi són. Sigues lloat, Etern, que ressuscites els morts.»

A parer meu, això no és veritat. L'única persona ressuscitada de la qual he sentit parlar, és Jesús, i al capdavall no és ben bé dels nostres. De vegades, durant llargues jornades a la sinagoga, com el dia del Gran Perdó, em fico a la butxaca un llibre de butxaca ben sucós i, en comptes de dir i de tornar a dir les preteses gestes inversemblants de Déu, llegeixo tranquil·lament una bona història d'amor en la qual la passió carnal m'aparta fugisserament de la passió divina.

En canvi, m'agrada molt la lectura de la Torà, que segueixo amb atenció. Això sí que és literatura! Els cinc primers llibres de la Bíblia contenen tots els secrets d'un bon llibre: una narració senzilla i plena d'acció que posa en escena el destí de la humanitat a través del petit paper que hi exerceix l'home. Quines contalles! La creació, Babel, el diluvi, l'èxode. I quins herois! Abraham, el geni inventor del monoteisme. Moisès, el nadó trobat i adoptat pel faraó. Josep, psicoanalista de gran volada. Quin estil! Res de xerrameca, només la puresa d'un llenguatge quasi telegràfic. Des del començament, la creació de l'univers ens demostra l'art de fer-ho tot sense dir res. Malgrat el que han dit els rabins talmúdics («Ni que tots els oceans fossin tinta i totes les canyes plomes, i el cel fos de pergamí, i tots els homes fossin escriptors, no seria suficient per a descriure la infinitat de l'univers»), els autors de la Bíblia van encertar de ple.

Adoro el Déu de la Bíblia, aquest professor dur i autoritari que no es pot resignar al fet que els seus alumnes siguin uns ganduls. Els posa de cara a la paret, crida, gruny i vitupera. S'estira els pèls de la barba tot preguntant-se si no va fer la més divina de les animalades en crear aquesta criatura terrible. «De cara a la paret!», va cridar desesperat als veïns de Noè. «De cara a la paret!», als habitants de Sodoma. «De cara a la paret!», fins i tot a Moisès. I ell, perfecte, solitari i aïllat, que ha posat al món aquestes criatures com aquell qui juga, tampoc no ha sotmès a crítica la seva pedagogia.

És una sort que només anem a la sinagoga quan als pares els agafa algun estrany rampell. Al més sovint, el dissabte és un dia com els altres, amb una mica més de mala consciència. Ens arribem als grans magatzems o anem a veure una comèdia musical a Broadway. La mare encén les espelmes cada divendres a la nit sens falta, però el gran símbol del sàbat està a dintre l'olla: brou de gallina amb mandonguilletes que desapareixen misteriosament abans de l'àpat, pollastre bullit, fetges de gallina trinxats, tallarines.

Al moment de la meva segona fuga històrica, vull una manifestació més gran del sàbat. Estic gelosa de les meves amigues ortodoxes que el dissabte no encenen ni el gas ni l'electricitat.

Decideixo fer de la meva habitació un temple, tancar-m'hi i passar el dia resant. Però ve't aquí que, en el judaisme, per assegurar la presència de Déu en les pregàries, s'han d'aplegar deu homes. Nou sants no arriben al quòrum, però un home mitjà els pot ajudar tot incorporant-s'hi. Jo, per fer-ho bé, robo el talit, el xal de pregària del meu pare, tot esperant que ajudi les pregàries a pujar i les benediccions a baixar. M'animo a començar. Penso en el rabí de Koretser, que diu: «M'agrada pregar a la sortida del sol - abans que el món sigui pol·luït de vanitat i d'odi.»

A mi, pregar no m'agrada gaire. A l'escola primària jueva, me les arreglava per arribar tard cada dia, per escapar-me de la pregària del matí. I, cada dia, el senyor Schloss m'esperava al capdamunt de l'escala:

–Hoch! Després de l'escola vindràs al meu despatx a fer la pregària!

Em sembla que allà dalt feia de policia, perquè a ell tampoc no li agradaven les pregàries.

Cada matí, quan em llevo, dic l'oració donant gràcies a Déu per haver restaurat la meva ànima. Veig Déu com un gran cirurgià efectuant lobotomies cada nit a tots els bons jueus i després, al matí, tornant a posar els cervells al seu lloc. Ja se li ben poden donar les gràcies! Obro el meu llibre de pregàries i ja la mare em crida:

–Ens n'anem d'aquí a deu minuts.

–No vinc. És dissabte!

–Dissabte passat també era dissabte!

–Sí, però he canviat.

–Deixa-ho estar! Tinc una entrada per a tu. Som jueus i estem orgullosos de ser-ho, però no cal exagerar, sobretot quan tenim una butaca al teatre.

–Mare, no em mouré d'aquí.

–Anirem a menjar a l'Automat.

Fluixejava davant les visions de la crema de blat de moro i del puré de patata.

–Bon profit! –crido a través de la paret del meu ghetto–. Que us divertiu, miserables pagans! –dic, baixet.

En l'assalt al meu llibre de pregàries articulo:

–Beneït sigui el senyor, Déu de l'univers, per no haver-me fet estranger.

Això ho trobava estrambòtic, ja que, durant segles i mil·lennis, el jueu era l'etern estranger. Potser era cosa d'humor.

–Beneït sigui el senyor, Déu de l'univers, per no haver-me fet esclau.

Cert. I, just després d'aquestes gràcies, justificades o no, ve:

–Beneït sigui el Senyor, rei de l'univers, per no haver-me fet dona.

Estic furiosa. He renunciat a l'espectacle i al restaurant per un Déu misogin. Tot seguit, veig, en lletra molt petita, que les dones poden substituir «no haver-me fet dona» per «haver-me fet segons la seva voluntat».

Gràcies! Deixo tot d'una les pregàries i tanco el llibre. Déu em perdonarà, és la seva feina. Però, jo, li ho puc perdonar?

Ser jueva, el que això representa realment, no ho sé pas gaire. És una abstracció més a afegir a les nuvolades de nocions i d'emocions suspeses molt per damunt del meu pobre cap, fantasmes que intenten comunicar un missatge sord.

Si de vegades somio en un príncep encisador anònim –intel·ligent, generós, divertit, somrient, tranquil, afectuós, enjogassat, ballador, savi, bon pare, competent, refiat, amorós–, la primera condició és obligatòriament la circumcisió, un certificat del judaisme que es llegeix en el cos. Sóc conscient que en algun racó dintre meu hi ha una petita feixista. Tothom té el seu racó amagat i quasi imperceptible on és una mica feixista. Com s'explicaria sinó aquella oració mesquina, quan sortia a la pantalla de la tele o del cinema un polític, un escriptor o un cantant de moda.

–És jueu! –era el crit de glòria de la meva germana.

–N'estàs segura?

–Sí, sí, ho he llegit en algun lloc.

Una calidesa d'identificació tribal m'envaïa. És veritat que, de tant en tant, una onada d'orgull em submergeix quan qualsevol ésser humà reïx en alguna empresa grandiosa o fonamental: Vermeer, Matisse, Leonardo da Vinci, Bach, Shakespeare. Però, honestament, m'hauria agradat més que haguessin estat jueus per sadollar la meva eterna manca de confiança.

En la meva novella i ja caducada pietat, em podreixo dins el meu amagatall. La família se n'ha anat a regalar-se cançons i danses de comèdia musical i a fruir de la celebració de Broadway. I jo romanc aquí castigant-me per ser el que no puc impedir-me de ser. Tinc gana. No conèixer el sofriment és no ser un home. Espero anar fins al final d'aquest maleït dissabte. No menjaré. No llegiré. Em quedaré a les fosques.

Estic trista quan tornen, com si fossin ells que m'haguessin tancat. Els detesto, però no de bo de bo. La ràbia ha destruït el sabor del menjar i la pau del son. Havia provat la solitud i l'isolament, i experimento tanta ràbia com amor. Detesto també certes idees, alguns personatges històrics, determinats cantants, determinades verdures, però no trobo objectius de carn i ossos per odiar. Generalment, quan algú m'estima, el trobo genial, i quan algú té el mal gust de no adorar-me, el declaro «idiota».

Sovint dic «odio això» o «odio allò» referint-me a una marca de formatge blanc o a un programa de televisió, però l'odi al cent per cent de matèria grassa només el conec després de la meva prova a la universitat, la setmana després de la meva fuga religiosa.

Pastanaga

La primera vegada que vaig tenir setze anys, la vida em semblava simple, natural, confortable. Estava segura que tothom volia el meu bé i que lliscaria sobre la pista de gel del meu destí amb la gràcia d'una medalla d'or. La meva prova ha capgirat aquesta visió.

La universitat local, versió mitjaneta d'un model miserable de ciment i vidre de l'establiment noble de pedra, donava cada any a un estudiant meritori una borsa per seguir un curs de música en la verdor de Vermont. Entre centenars de candidats, només som sis els finalistes que esperem el nostre torn, amb els instruments a punt, a la sala dels professors que sembla un «punt de trobada» d'una estació per la seva fredor ineficaç, el seu mobiliari neutre i lleig i els caps impassibles de la gent que la travessen.

M'incorporo al grup que em mira amb una indiscreció que li torno. Havia invertit una setmana per triar el vestit apropiat, sobri, auster, seriós, conservadora amb un bri de fantasia. Poca sort: les altres havien esmerçat la mateixa cura a posar en solfa la mateixa panòplia.

Tres d'elles són molt boniques i primes. És fàcil semblar bonica i delicada amb una flauta, un violí o un oboè. Però, amb un contrabaix! Vénen totes tres de la mateixa escola privada i elegant poblada d'autèntiques nyeu-nyeu. Les altres dues són extravertides i desagradables. Els faig preguntes per avaluar el grau de rivalitat que tindré i de seguida em tranquil·litzo: qui té més experiència, més bones notes i més recomanacions que jo, vella guerrera del treball? Qui té un instrument més gran que el meu?

Això no priva que estigui nerviosa, no a causa d'aquestes petites vespes pretensioses, sinó perquè conec molt bé el jurat. Dels seus deu membres, cinc viuen a la meva vila, coneixen els meus pares i tenen fills de la meva edat. Ja ho saben tot. Què els puc dir més?

Segons la llista, he de passar l'última (la desfilada comença amb una rata i acaba amb un elefant). Espero dues hores i mitja, observant cada candidata que surt convençuda que els té ficats a la butxaca, però el meu optimisme és inamovible. La mare m'ha dit que no em preocupi, que sóc la millor. Però l'àvia una vegada em va dir: «Els millors talls es donen als gossos més dolents.»

Quan l'última candidata ha marxat, dono una ullada a la partitura que m'he après de memòria. M'avanço a les seves preguntes i intento d'injectar-hi una mica d'humor, de no prendre-m'ho massa seriosament, de fer-los riure. Però riure massa eixorda el cervell. La Myriam em diu: «Que ets ruca! Mai no s'ha de fer riure aquest tipus de gent.»

El president de la comissió em ve a buscar. Ens coneixem. S'excusa d'haver-me fet esperar, però sento que no té ni un gram de remordiment. Al contrari, fer esperar els innocents és un gaudi del poder. El mestre és amable, encara que porti un fuet a la mà.

Són més aviat benèvols amb mi. M'acullen amb uns somriures que em pessigollegen la punta del nas. Hi ha el senyor Fuberman, un bon amic de la meva família, que es veu content. La senyora Barton, que és tota calidesa i simpatia. El senyor Remond està una mica molest de veure'm aparèixer. El senyor Moss està enriolat. Tots semblen satisfets per les notes que el meu contrabaix ha grunyit. Els deixo a contracor.

—Telefona a un de nosaltres aquest vespre i et donarem el resultat de les deliberacions —em diu el president.

Ja no hi penso més, de tan just i evident i lleial com em sembla que m'escullin a mi.

Però, tot i això, telefono perquè em confirmin en aquest gust de victòria que ja tinc.

—Truco per saber el què —dic jovialment.

—No has estat escollida —em diu, també jovialment.

—Ah... —dic, menys jovialment.

—Gràcies per haver telefonat —diu per cloure la conversa. No tinc temps de preguntar a aquest Judes qui s'han dignat a agafar en lloc meu. No tinc la sang freda d'investigar sobre el desenvolupament de les deliberacions diabòliques.

Dues nits i dos dies plorant. Dues nits i dos dies repassant la pel·lícula de la prova. Què he pogut fer per no agradar? Què he pogut dir? O no dir? Penso en tot el que hauria hagut d'enunciar a major glòria de mi mateixa. Però tot em semblava banal i evident, cap fet no valia la pena de ser proclamat públicament. El qui té una boca ampla té un cor estret. Un cec hauria pogut veure que jo era la millor candidata.

Desconfia dels «sí» i dels «potser». I si jo no fos la més bonica del regne? I si no fos la més intel·ligent? I si, efectivament, les meves febleses superaven les meves forces? I si només era una calçasses tova? Pagaria la pena de viure, en aquest cas?

Cap «amic» no em telefona. Estic rabiosa. Trec foc pels queixals. És la prova de la seva mala consciència i dels seus remordiments. No et preocupis dels remordiments, no facis res per suscitar-los; un punt i s'ha acabat. Eren una colla de sabatots, un clan de cretins, un estol de pastanagues, un niu de negats. Ja els ensenyaria, jo, a aquests talossos! Em faria famosa i després explicaria com m'havien rebutjat. La revenja és una semiconsolació.

Però, de fet, no veig gaires motius per viure, sobretot aquí, entre aquesta gent que no reconeixen el meu geni. Em jutjo beneita de fer tots aquests vans esforços per existir, ja que, si ens estirem a terra, no ens arrisquem a caure.

Grassoneta

La primera vegada que vaig tenir setze anys, estava oberta a creure que es podia capgirar el destí. La cosa no rutlla? Doncs aixeca't! Belluga't! Remena el cul! Pessiga't les galtes! Fes la dansa del ventre! Sigues el teu propi ressort. No hi ha res impossible. Ni les matemàtiques... si de veritat et vols aplicar. Menja xocolata. Llisca per un tobogan. Pica de mans. Pica de peus. Remena els malucs. Mou les orelles. Beu un got de llet freda amb tres melindros. Fes un petó a un nen anònim. Abraça un vell. Canta una cançó de moda.

Decideixo, doncs, d'iniciar la meva tercera fuga històrica. Trec la maleta i la carta. La carta em sembla vella i passada de moda i n'escric una nova versió:

«Estic molt bé aquí, i, per això mateix, no hi estic bé del tot. Tinc quatre àpats al dia, un llit sumptuós, una banyera, un lavabo, una bona dosi d'afecte completament recíproc, confort il·limitat i seguretat a llarg termini. Què més puc demanar? Però això no és prou... Voldria ser Robinson i tornar a començar a partir de zero. Voldria anar a algun indret on em calgués arriscar la vida per llegir un llibre. Voldria veure'm obligada a barallar-me per pensar com penso, i voldria saber el valor de cada cosa i de cada gest. Així, doncs, me'n vaig com una funàmbula mesurant cada pas per no caure en el buit. Me'n vaig, insomne, a palpar la dimensió de la nit. Me'n vaig, geògrafa del bell mig de l'infinit, a trobar jaciments insospitats. No us amoïneu. Us estimo.»

Començo bé. Prenc poques coses per anar lleugera... amb el meu contrabaix. Reprenc el camí de la meva primera fuga, sense la neu, sense el fred, i amb un conductor anònim en un autobús abarrotat que accepta de mal grat el meu company. Al centre de la ciutat, canvio d'autobús per agafar-ne un altre que em duu a Manhattan.

Pujo penosament el carrer 42 amb el meu contrabaix. Em cal reposar a cada cinc passes. Un home distingit, bastant bell, ve cap a mi, em pessiga les dues galtes i em diu:

–Això és el que m'agrada: cares grassonetes i un serrell.

I tot seguit se'n va, bo i abandonant-me al lleuger tremolor d'aquella que només ha estat lleugerament, benèvolament violada.

No sé per on anar i ja tinc butllofes a les mans per haver-me volgut emportar la música del món amb mi. Estic temptada de deixar anar el contrabaix que porto enganxat al braç, però és quasi viu. Es posa a ploure. Tinc més por de mullar la funda que els meus peus. Baixem al ventre de la ciutat, el metro, i un cop allà, tot d'un plegat, ja sé on anar.

Entro al vagó buit. Només hi ha una parella de joves de la meva edat, amb texans, samarreta, cabells llargs, deixats, però cada un dels dos té una cosa que jo no tinc, un somriure totalment expansiu. És un somriure molt expressiu, amb crescendos quan es miren als ulls. Estan acoblats com dues peces d'un trencaclosques, lligats com siamesos, entrellaçats com fils de randa.

He de fer un llarg trajecte d'una hora. Allargo les cames sobre el cos del meu contrabaix. No puc treure els ulls de l'espectacle de davant meu. Són com dos gatets que juguen. El bloc que formen està enquadrat per graffitis obscens: «Fuck you!», «God sucks!», «L.O.V.E. is a four-lettre word». La paraula «love» els fa una corona de la qual ells són la il·lustració. Ella reclina el cap sobre la seva espatlla i ell l'envolta amb el braç esquerre. Amb la mà dreta fa un vaivé al llarg de la seva cuixa. Ella li fa el mateix. Ell li embulla els cabells i ella li fa el mateix com en un joc de repetició. Ell li acaricia el ventre i ella cargola les seves cames al voltant dels seus genolls. Ella alça el cap per fer-li petonets a les galtes, al clatell, a les espatlles. Ell l'abraça fort.

El tren travessa el pont de Brooklyn. Ells ignoren la meva presència i cap altre passatger no ve a pertorbar l'idil·li. La mare em deia: «El plaer perpetu no causa plaer.» Però, per a ells, per a aquests joves de la meva edat, això no és veritat. Els seus cossos, les seves mans, els seus ulls, la seva pell són instruments de felicitat.

Deixo el vagó d'Eros per sortir a la meva estació elevada. Baixo cap a les olors familiars d'aquest animat carrer. El meu pas i el meu contrabaix es fan més lleugers. Em paro per comprar un *knish*. El pare em deia que acabaria assemblant-me a un *knish*. M'hauria agradat més tenir el gust d'aquesta petita coca rodona de patata i ceba ben pebrada, carregada de tendresa i impregnada d'un món llunyà. Aquí el motlle de la llaminadura és un cor. Tothom en menja pel carrer. Les boques van tan de pressa com els peus. I quan paren de mastegar, parlen, i els riures, les expressions, el moviment donen a aquest carrer una atmosfera de vivesa i d'excitació. Tinc la impressió de tornar a casa.

No m'adono de fins a quin punt aquest barri de Brooklyn és lleig, pla i destrossat. Per a mi, és la decoració exòtica d'una peça de teatre palpitant. No sé com els meus pares van voler-ne marxar. Com van tenir la mala idea de voler fer créixer els seus fills entre la verdor del camp amb el seu excés ofegador d'oxigen. Per què van deixar aquest ghetto voluntari per plantar la tenda en el gran desert de New Jersey? Aquí la gent es diuen bon dia. Un bon dia val més que un arbre.

Els homes, amb els capots d'altre temps, surten de deu en deu de les sinagogues. No em diuen bon dia. M'agrada veure'ls amb les seves papillotes que es balancegen com campanetes. Guarden en calent, per nosaltres, la fe en via de desaparició. De fet, m'agrada tothom, aquí. Sóc a casa meva, entre els meus.

El cor em batega d'alegria i de cansament. Tothom és fora, als portals de les cases, asseguts als esglaons o en cadires plegables. Ha parat de ploure, però no fa bo. A casa meva, en plena natura pastorívola, no es veia ànima vivent. Altes bardisses envoltaven l'immens herbei. Com es pot estar així apartat de la humanitat, comunicant-se amb els brins d'herba i amb els mosquits? L'home que creu que pot viure sense els altres s'equivoca; i l'home que pensa que els altres no poden viure sense ell encara s'equivoca més.

Ens acostem a la casa en la qual tots els qui hi viuen són de la meva família. La meva àvia té un pis de dues habitacions a la planta baixa i la meva tia un de quatre al primer. El meu oncle Marty obre incrèdulament els ulls i diu:

–Mireu qui hi ha!

Es desborden d'afecte per mi perquè a penes existeixo. Mai no he pogut col·locar una paraula enmig del rebombori d'aquesta família eixordadora. Jo era una petita ombra darrere les meves germanes i tots es pensen que sóc molt simpàtica, cosa que és certa, em sembla. Aventurar-se aquí, tota sola, sense els meus para-xocs, és un autèntic viatge. El meu oncle em fa un petó i va a avisar els altres.

L'àvia surt corrents. El seu somriure s'estira des d'Odessa fins a Brooklyn i els seus ulls li espurnegen. Té dotze néts, però això no fa minvar la part d'amor que té per a cada un, ni la quantitat de saviesa que distribueix equitativament. Em fa un petó i tot seguit entra precipitadament a la casa per ofegar una pobra gallina en una olla. Té l'habilitat de fer prou sopa per a tota la família amb un sol ocell raquític. Fins arribo a sospitar que treu la mateixa gallina cada setmana per fer una nova sopa, excepte quan visiblement fa emergir la bèstia superbullida per posar-la al forn roent, oferint així la sopa com a entrant i la gallina rostida com a plat fort.

Un cop assegurada (els seus no es moriran de gana), em demana explicacions:

–Què hi fas aquí, tota sola? La Sylvia no m'ha avisat.

–He fugit, Bubie. He fugit de casa.

–*Oy!*

Oy! és el comentari i l'anàlisi de la meva àvia. *Oy!* no és solament una paraula, és tot un vocabulari que pot ser una lamentació, una protesta, un crit de desesperació o d'alegria.

–Per què? –pregunta amb el seu espantós accent rus. Seixanta anys després del seu desembarcament als

Estats Units, parla l'anglès com l'endemà de la seva arribada.

—Hi estic massa bé a casa. Massa confortable. Això no és viure.

—Estar confortable no va pas en contra de la llei! —em diu.

Té una saviesa plena d'agudesa i de psicologia, però de què serveix la saviesa quan regna la follia?

—He de començar a descobrir la vida.

—No t'amoïnis, la vida et trobarà. Però la joventut és una cosa que no torna mai més.

—Vull conèixer la vida, l'acció, els neguits.

—Els neguits, vols? Els neguits són tan naturals en l'home com el rovell ho és en el ferro. No et preocupis, com més viuràs més coneixeràs els neguits, i, creume, cada dia porta els seus propis neguits.

Pot ben parlar, ella!, penso gelosament. Dues vegades vídua, òrfena, refugiada dels pogroms, ella almenys ha viscut, mentre que jo, criatureta aviciada dels afores daurats, quins són els meus títols de glòria? Nascuda i enterrada a New Jersey. Per a la meva àvia la qüestió era sobreviure, primer físicament i després materialment, tenir un sostre al damunt del cap, alimentar els seus fills, vestir-los, educar-los. Però, un cop es té el pa, el llit, la tassa del wàter, què es fa després?

—Bubie, vull fer alguna cosa de la meva vida.

—Et lleves, et gites, aprens, menges, què vols més?

—Acció, focs artificials, amor.

Somriu com si jo fos boja, i tot seguit, escèptica, pessimista, no gens convençuda, em tranquil·litza:

—El que estigui escrit, passarà. —Arronsa les espatlles i deixa anar l'inevitable—: L'home proposa i Déu disposa.

Parla com un missatge pre-enregistrat fa segles, però les seves paraules sempre tenen un caràcter fatal i immediat. D'altra banda, qui gosaria contestar la seva benvolent autoritat, ni tan sols quan em diu:

—Passaràs el cap de setmana aquí i diumenge tornaràs a casa amb els teus pares. Dilluns hi ha escola!

No veia cap més sortida a la meva fuga. L'àvia va córrer a telefonar a New Jersey per avisar a la mare que era a casa seva. I vaig tornar a casa, on estava bé i no tan bé.

Enamorada

La primera vegada que vaig tenir setze anys, pensava que l'amor s'escrivia AMOR i que volia dir panacea. L'amor era l'única vareta veritablement màgica, elèctrica, fantàstica, ple d'«iques» que metamorfosen i revolucionen. L'amor era una pluja suau d'espurnes multicolors, un etern festí de perles de xocolata, un perfum especiat que s'enganxa a les parets de l'ésser, un petonet puntejat de carícies. L'amor era un estat de beatitud i d'excitació pacífica. L'amor era una màquina simple: un cop endollada, era automàtic. Sense manteniment, sense servei postvenda.

Per un cúmul estrany de circumstàncies, mai no havia conegut un ésser humà en perfecte estat d'amor. Pensava, doncs, que això no li passava a tothom. Totes aquestes persones casades, grises i apagades, no havien tingut prou paciència. Abans de veure's colpits de veritat, han fet arranjaments patètics. Els guanys de l'arranjament no són res comparats amb les pèrdues. Jo, esperaria... tot sortint a caçar. Fora de casa, un dels meus indrets preferits per esperar la vida era la biblioteca. Era una altra mena de ghetto. Sempre anava a la recerca de noves biblioteques per treballar. Així va ser com vaig caure a la biblioteca de la facultat de dret. Era un lloc de recolliment tan fosc com els seus ocupants. M'agradava anar-hi perquè hi havia els estudiants i aprenents d'advocat amb la seva corbata i el seu posat seriós, i m'agradava la seriositat. Era l'única que hi llegia les meves novel·les frívoles, mentre ells aprenien la *Common law*. Sense el dret, la civilització mor.

M'hi quedo fins que tanquen. Un vespre, a l'hora de tancar, només érem dos a baixar amb l'ascensor. Ell espera que les portes es tanquin per dir-me:

–Tens els ulls més bonics que he vist mai.

No els puc aixecar cap a ell, d'acoquinada que estic davant d'aquell semidéu magnífic, un veritable palangre. Fins aleshores ningú semblant no m'havia adreçat mai la paraula, i no m'ho acabo de creure. És un somni.

Me'l conec de memòria d'haver-lo mirat de reüll. S'asseia a la taula del meu davant. Té el físic de l'americà mitjà, alt, ben plantat, morè, amb els ulls espurnejants d'intel·ligència i de curiositat. Tot en ell és obert, acollidor, atractiu, ofert. Fins els seus cabells de raspall m'atreuen. Em retinc de tocar-los.

Li dic:

–Ni els qui tenen els ulls grossos no veuen els seus propis defectes.

Sembla que li fa el pes.

–Això ho diu la meva àvia! –fa.

Em fa gràcia, perquè la frase és de la meva. Si la meva àvia i la seva àvia són germanes, nosaltres som cosins.

–La meva ve d'Odessa.

–La meva de Cracòvia.

No és tan lluny.

–On vius?

–A Belleville.

–Et puc portar, si vols. Jo visc a Nutley.

—No et vull destorbar —m'arrisco, perquè no sigui dit.

—Em ve de pas. És tard, i no passen gaires autobusos.

—Ja hi estic acostumada.

—T'asseguro que no és cap problema. No tinguis por! Et prometo que no te'm menjaré.

No en tinc, de por. Tingueu por només de l'home que té por de vosaltres. Que se'm mengi, si vol! Que em rosegui fins al moll dels ossos.

—Molt bé, gràcies. Si t'he de dir la veritat, detesto aquests trajectes de nit, tota sola.

—Escolta, jo vinc aquí cada nit, et puc portar quan vulguis.

El segueixo al pàrking. No goso caminar al seu costat, com si aquesta meravella fos meva. No em crec mereixedora de tenir accés a un fenomen com aquest. A dintre el cotxe, després de l'intercanvi de noms i de coneixences comunes, em miro el seu perfil i no me'n sé avenir. És un privilegi tenir-lo dintre del camp visual. Enamorament sobtat no és la paraula, més aviat es tracta de la gran oportunitat de la meva vida. I de la incredulitat. Però per què m'he d'inquietar? El tinc al meu costat. Cal que sigui exclusivament meu. Com podria guanyar-me'l? Què he de fer per no desplaure'l? Què he de fer per ficar-me'l a la butxaca? I si li comprés una muntanya de regals? I si li recités versos de Chaim Nachman Bialik? I si li fes un pastís de pastanagues? I si li gratés l'esquena? I si li collís un pom de gira-sols? I si li tricotés uns mitjons de jacquard?

Es diu Arthur. El seu nom el predestina a apassionar-se per les llegendes del rei Artur, que coneix a fons i comparteix de bon cor. Es posa a explicar-me'n una.

És la història del més bell cavaller de l'Anglaterra, anomenat Gauvain, que, per salvar la vida del seu rei, es casa amb un veritable espantall: «La bruixa més lletja mai vista de memòria de l'home: cara vermella, nas mocós, boca grossa, dents grogues sortint-li dels llavis, clatell gruixut i mamelles feixugues i penjants.»

Aquest Gauvain, doncs, sacrifica els seus somnis d'amor a la fidelitat i el lliurament al seu rei. No solament li calia casar-se amb l'espantall, sinó que li calia fer més, molt més: consumar el matrimoni. Se sobreposa a la seva repulsió i heus ací que la seva dona es transforma en la més bella criatura que mai hagi vist, i així és recompensat.

M'agrada pensar que l'amor és un conte de fades o una narració de cavalleries i li dic:

–M'ha agradat molt. Sempre ronda un cavaller darrere els somnis d'una noia.

–I, normalment, apareix.

–Més o menys, encara que no dalt del seu cavall, i amb compromisos. Potser no cal buscar el cavaller més bell d'Anglaterra, però sí un bon noi com cal.

–És més aviat tristoi, el teu bon noi com cal: 1 metre 75, no massa gros, no massa divertit, no massa inquiet. Et dicto l'anunci per paraules: Noia, ulls grossos, gran lectora, gran somriure, gran cor, gran mandrosa, busca xicotet mitjà per no cansar-se massa plegats.»

Tinc al davant aquest palangre pràcticament sortit d'una pantalla de cinema o dels meus somnis més boigs i li dic:

–No tothom pot topar amb un Gauvain o un David o un Hèrcules. Tu no deus creure que tothom busca l'amor i que ens confonen amb aquestes idees hollywoodianes sobre la parella. I, després, ens sentim estafats si no se'ls assemblen.

–S'ha d'apuntar alt! S'ha de ser exigent a la vida, no acceptar qualsevol cosa!

–Hi estic d'acord, a condició que apuntar alt vulgui dir fer tot el que es pugui, explotar totes les seves possibilitats, intentar comprendre.

–I per què no perseguir un somni?

–Un somni idiota fet de somnis idiotes.

–Els nostres somnis no sempre són idiotes.

–Segurament que no, però n'hi ha que somien que les granotes són tan grosses com els bous. Un somni pot fer perdre la realitat.

I la realitat, Arthur meu, sóc jo, 1 metre 75, llargs cabells marrons, grans ulls miops compensats per una vesícula biliar admirable.

S'atura davant la porta de casa meva. Estic trista que s'hagi acabat aquest trajecte captivador. Quedem per al vespre següent. Tinc deures a fer: llegir totes les narracions del rei Artur que trobi. És formidable el contagi de l'entusiasme! Tinc ganes de besar-lo a la francesa a les dues galtes, o fregant-nos el nas com els esquimals, o enganxant les boques a la russa, però tinc por de trencar el seu codi cavalleresc.

És adorable. Me'l menjaria. Sempre que estigui contra la pena de mort! Sempre que no sigui de dretes! És ben generós de compartir la seva cultura amb mi. I quina astúcia! En comptes de remar a la recerca d'un tema de conversa, m'explica una història.

Surt de la seva andròmina, hi dóna la volta solemnement com si fos un Rolls, m'obre la porta com si fos el xofer personal de la reina d'Anglaterra i em condueix fins a la porta del darrere de casa. El cirerer japonès està florit. La nit fa olor d'hortènsies. Estic eufòrica. Allà, al meu jardí, m'agafa precipitadament entre els seus braços amb una urgència diabòlica i em petoneja per transformar-me en una bellesa celestial.

I és veritat que em transforma. Injecta bombolles a dins de la meva sang plàcida. Em fa la demostració que tot pot passar si s'espera tranquil·lament a la biblioteca de la facultat de Dret. Em fa veure que hi ha persones que poden fer-te volar dintre d'un cotxe atrotinat tot compartint la seva passió, que és bo de bescanviar paraules amb un altre ésser humà que no sigui la mare, i m'ensenya que els petons poden ser deliciosos. I encara que no pugui encadenar-lo i mantenir-lo al meu costat per sempre, almenys l'he trobat.

Tenia la impressió, a les portes dels meus disset anys, d'haver descobert Amèrica, però volia també descobrir la lluna i les estrelles i la vida als planetes. M'ajeia a sobre d'un núvol que es deia Arthur. No hi havia res més que ell, i el desig, i l'amor, i la bellesa. El talent, el geni, era jo, única i beatífica.

Genial

La primera vegada que vaig tenir setze anys, em pensava que ser un geni o no depenia de la màgia o de la bruixeria, però en cap cas del treball i la disciplina. Els dies que estava convençuda del meu geni personal eren bons dies, com aquell en què vaig ser triada com l'única candidata de la meva vila a l'orquestra simfònica juvenil de l'Estat de New Jersey. Però, la glòria, la mesura qui la confereix, no qui la rep. Havia afluixat molt amb el contrabaix des de la meva entrada a la *jazz-band*. Després de les improvisacions, les escales m'avorrien mortalment. I quan em tocava assajar, la Sandra reforçava la meva pena cridant:

—Lincoln va alliberar els esclaus!

El fragment imposat per aquell nou concurs només era el solo de baix de la Cinquena Simfonia del bon Ludwig van Beethoven que finalment havia pensat en nosaltres. Agafo el contrabaix, agafo la meva mare xofer, i ens n'anem a la ciutat llunyana on tenia lloc la prova. No estava gens nerviosa.

Arribem al gran pàrking de l'institut Thomas Edison i els contrabaixistes ja formiguegen i pul·lulen. Com més avancem cap a la sala d'audicions, més densa es fa la concentració de contrabaixistes, en tota la gamma de baixos que fan grunyits d'animals prehistòrics. Qui s'hauria pogut imaginar un malson sonor com aquell?

Qui hauria imaginat tants violins massa crescudets amb els seus troncs de fusta fosca formant un bosc a l'hivern? Qui hauria imaginat tants domadors amb les seves mares, a punt de colpejar les cordes tremoloses amb l'arquet amenaçador.

Ens posem a la cua d'aquests quilòmetres de contrabaixos. Emeten retalls del solo de la Cinquena i tots toquen molt més bé que jo. Davant la immensitat de la concurrència, el torbament acaba per envair el meu sistema nerviós. Em posa malalta. Ve't aquí una cosa, una petitíssima tècnica més o menys dominada per molta gent, i ja hi ha cent mil persones que la dominen millor que jo. Estic desmenjada i amarga. Em tombo cap a la meva mare, que no té ni la més mínima angoixa. Al contrari, ho troba estimulant i excitant. Li dic amb contundència:

–Marxem!

–Ah, no, no marxem! Hem vingut fins aquí, i ens hi quedem. Tu esperes el teu torn, i toques. Després marxarem.

–Mare, no val la pena. Demà o demà passat encara serem aquí. De veritat, no tinc interès a tocar en aquesta orquestra. Fins en el cas que m'admetin, t'imagines els viatges que caldrà fer per als assaigs? Serà una enorme pèrdua de temps.

–Ens quedem! –m'ordena la mare, que ja parla amb els veïns i em porta bones notícies–: Aquell d'allà només fa dos anys que toca, i aquell altre –m'assenyala un cap de panotxa– és la primera prova que passa.

Jo no tinc ganes d'adreçar-li la paraula. Simplement, vull que no existeixin, o que desapareguin. El contrabaix a partir d'ara està completament banalitzat i, per tant, proscrit del meu cor. No havia demanat gran cosa, només de ser la reina de quatre miserables cordes.

Amb el jurat al davant, aquestes cordes esdevenen quatre grans nusos inextricables. No puc donar el to just. M'ofego en la meva ineptitud. Quatre cordes són massa, i no hi arribo. El súmmum de la intel·ligència s'ateny en la humilitat. Llevat que calgui passar per la humiliació.

Tot seguit, penso en el que la meva mare m'ha dit: «Si vols, pots», cosa que em sembla una filosofia de punta, i pregunto tímidament al jurat:

–Puc començar?

–Endavant –em diuen, cansats i indulgents.

Toco des del començament fins al final, tan bé com puc. Al final del fragment, el jurat m'acomiada fredament, sense somriure, i abans de la publicació dels resultats ja sé que n'hi ha de millors que jo. I això em rosega. No puc refugiar-me en els consols de torn de la família:

–Són antisemites.

–No és veritat. L'orquestra és plena de jueus.

–No volen noies.

–De vuit que n'han agafat, quatre són noies.

Prou vaig veure, l'última vegada que vaig tenir setze anys, que res era fàcil. Però em quedava la convicció que la vida –l'única que es té– val la pena de viure-la, amb contrabaix o sense.

Susie Morgenstern

Va néixer a Newark, New Jersey, als Estats Units d'Amèrica, el 18 de març de 1945. Durant dinou anys va viure al seu país, i s'hi alimentava de dibuix, de música —tocava el contrabaix—, d'història de l'art i d'hamburgueses. Més tard, se'n va anar a estudiar la història jueva a la Universitat de Jerusalem, on va trobar l'home amb qui s'ha casat. Ara viuen a Niça, la ciutat d'ell.

Susie Morgenstern ensenya anglès. Ha fet treballs universitaris sobre el lligam entre el fet literari i la qüestió jueva. Va publicar el primer llibre (L'alphabet hébreu) *l'any 1975. Des d'aleshores, diu que la seva gran ambició és fer els llibres més bonics que pugui, i ha començat a agafar una veritable obsessió per la seva feina. També es dedica a fer crítica de llibres per al jovent en diversos diaris.*

Obres de **S. Morgenstern** *publicades a La Galera:*

No hi ha dret!
El primer cop que vaig tenir setze anys

cronos

1. *Else Breen:* També et pots morir a la primavera
2. *Laura Conti:* Una llebre amb cara de nena
3. *Bulat Okudjava:* Bona sort, company!
4. *Pierre Pelot:* Jo sóc la mala herba
5. *John Donovan:* La darrera experiència
6. *Gianni Padoan:* ONU Assemblea Extraordinària
7. *Scott O'Dell:* La canoa fosca
8. *Pierre Pelot:* Foll com un ocell
9. *Olivier Lécrivain:* Punys de ràbia
   Premi «Jean Macé», 1985
10. *Marcel Miralles:* Elemental, estimat Watson
11. *Pierre Coran:* La pell de l'Altre
12. *Estanislau Torres:* Objectiu: Heidelberg
13. *Pau Joan Hernàndez:* SOS a sis mil metres
14. *Janusz Domagalik:* Les castanyes verdes
15. *Josep Vallverdú:* Nàufrags a l'espai
16. *Nigel Hinton:* L'accident
17. *Jean Coué:* Encara sóc viu!
   Llista d'Honor del Llibre Juvenil Alemany
   Premi Europeu de Literatura Juvenil, 1978
18. *Lida Durdikova:* Els nens dels ulls tancats
19. *Barbara Wersba:* Cançons per a una harmònica
20. *Renate Welsh:* Johanna
   Premi del Llibre Juvenil Alemany, 1980
   Premi Ciutat de Viena de Literatura Juvenil
21. *Gianni Padoan:* La corona sense fulles

22. *Gina Basso:* El coratge de parlar

23. *Wolfgang Gabel:* Fet un fàstic

24. *Othmar Franz Lang:* El riu esborra el meu rastre

25. *Klaus-Peter Wolf:* Molta birra i carn picada

26. *Claude-Rose i Lucien-Guy Touati:* L'últim lleó

27. *Luce Fillol:* L'ocell de tots els colors

28. *Luigi Malerba:* Les gallines pensatives

29. *Christine Nöstlinger:* Horari de classe

30. *Raymond Plante:* L'últim estaquirot
Premi Conseil des Arts del Canadà, 1987

31. *Jean Joubert:* Els fills de Noè

32. *Klaus-Peter Wolf:* La por dels culpables

33. *Michèle Marineau:* Cassiopea o l'estiu polonès
Premi Gouverneur Général del Canadà, 1988

34. *Susie Morgenstern:* El primer cop que vaig tenir setze anys

35. *Emilie Smadja:* L'engany